오늘도 **유난떨며** 삽니다

박현선 지음

오늘도
유난
떨며
삽니다

헤이북스

나는 어려서부터 내성적이고 소극적이라는 말을 많이 듣고 자랐다. 거기에 내 성별이 더해지며 얌전하고 순하니 '천생 여자'라는 말도 뒤따라왔다. 어렸을 때는 그 표현에 별다른 생각이 없었다. 어쩌면 마냥 듣기 좋은 칭찬으로 받아들였는지도 모르겠다. 하지만 시간이 흐르면서 타인이 나를 묘사할 때 항상 비슷한 형용사들이 등장하는 것이 조금씩 불편해졌다.

약간의 반항심도 생겼던 것 같다. 나에게 얌전한 면도, 내성적인 면도, 소극적인 면도 있는 것은 맞지만,

그걸 쉽게 인정해버리면 스스로 그 단어들 속에 갇혀버릴 것 같았다. 그리고 앞으로 무슨 일을 해도 얌전한 사람으로 기억될 것만 같은 두려움도 일었다.

나의 다른 면을 스스로 확인해보고 싶은 마음이 생겼다. 막연히 다른 나라에서 학교를 다녀보고 싶다는 생각은 늘 하고 있었는데, 대학교 졸업을 앞두고 본격적인 유학 준비에 발을 담가야 할 시기가 다가오자 숨어 있던 모험심과 반항심이 슬며시 고개를 들었다.

보통 '유학' 하면 몇몇 인기 있는 영어권 국가들을 떠올리게 마련인데 나의 경우는 조금 달랐다. 웹사이트에 표기된 학교 등록금에 0이 실수로 하나 더 붙은 줄 알았던 영국과 이상하게도 마음이 끌리지 않은 미국의 학교들은 과감히 옆으로 밀어놓았다. 그러는 사이에 관광조차 해본 적 없는 미지의 나라, 핀란드가 물망에 올라 있었다.

당시 핀란드에 대해 내가 갖고 있는 정보라곤 디자인 역사를 논할 때 빠지지 않고 등장하는 인물인 알바 알토^{Alvar Aalto}(건축가·디자이너, 1898~1976)와 그가 만든 의자, 자작나무, 자일리톨, 휘바휘바^{hyvä hyvä}(좋아 좋아)가 전부였다. 비록 그 나라에 대해 아는 것은 적었지만 우리나라에서는 기후 탓에 좀처럼 보기 힘든 자작나무가 숲을 이루고 있다는 것은 잘 알고 있었다. 그리고 그 창백한 자작나무로 만든 핀란드 가구들이 갖고 있는 이국적 매력이라면 유학을 갈 이유가 충분하지 않을까 하는 억지에 가까운 용기가 생겼다.

아는 것이 없으니 걱정거리도 없어 되레 마음이 편했다. 어렸으니 가능했던 결정이었을까? 누구도 신경 쓰지 않을 만큼 미미한 반항심에서 파생된 충동에 가까운 결정으로, 영어도 핀란드어도 제대로 구사할 줄 모르면서 연고 없는 낯선 나라 핀란드의 헬싱키미술대학(현 알토대학Aalto University of Arts, Design and Architecture)에 지원하기로 마음먹었다.

낯선 땅에 적응하기 급급했던 초반에는 말하는 방식, 행동하는 방식을 비롯한 주변의 모든 것들이 내가 익숙하다고 여겨온 것들과 조금씩 달라 당혹스러웠다. 자신의 생각을 말과 행동으로 먼저 드러내는 핀란드 사람들의 태도는 타인을 향한 배려심 부족으로 비쳤고, 자칫 공격적으로 느껴지기도 했다. 조직의 구성원으로서 개개인에 가치를 부여하는 우리나라의 문화에 젖어 있다가 온전한 개인으로서 생각과 판단, 이해득실에 무게를 두는 이들의 개인주의적 사고방식을 마주하기란 쉽지 않았다.

이런 성향은 여러 명이 함께하는 공동 작업에서 더욱 두드러졌다. 물론 조별 작업은 어디서나 누구에게나 힘든 일이다. 저마다 피치 못할 사정은 꼭 불시에 생기곤 한다. 약속한 시간이 되면 갑자기 급한 일이 생긴다거나, 아파서 참여할 수 없다고 하는 사람들이 어김없이 나타났다. 모든 구성원이 한자리에 모이는 것 자체가 정말 힘들었다. 전시 하루 전날 모두가 함께 전시장을 정돈해야 하는 상황에서도, 다음 날 결과물을 제출해야 하는 상황에서도 개인의 사정을 내세우며 빠지는 사람들은 반드시 있었다. 몸이 아파도 잠시 얼굴을 내비쳐 성의를 표하는 것이 도리라고 여기는 우리나라 문화에 익숙해서 더 그랬는지는 몰라도 그들의 그런 태도가 쉽게 납득이 가지 않았다.

재미있게도 이 불편하기만 하던 개인주의가 작은 숨구멍을 터주었다. 타인의 눈치를 보지 않고 자기의 의견을 자유롭게 말하는 이들과 지내다 보니 나도 내 생각이 궁금해지기 시작했다. 사실 그동안 나이나 사회적 신분, 직급에 따른 대화(대화를 빙자한 일반적 통보)가 훨씬 많았기 때문에 내 의견을 상대에게 솔직하게 전달할 기회가 별로 없었다. 아니, 내 생각이 무엇인지 나 스스로도 알려고 노력하지 않았다는 것이 더 정확한 표현인 것 같다. 학교에서도 내 생각을 표현하기보다 정답을 맞히는 것이 더 중요했으니 내가 무슨 생각을 하는지 고민하는 것에는 관심이 없었다고 해야 더 옳을까?

"네 생각은 네 생각이고, 내 생각은 내 생각이야."

"나도 널 신경 쓰지 않을 테니, 너도 날 신경 쓰지 마."

이런 식으로 간단히 묘사하는 개인주의는 차갑다. 하지

만 일상에서 다양한 방식으로 개인주의를 겪으며 비로소 나도 스스로에게 내 생각을 물을 수 있는 기회를 얻었다. 전보다 훨씬 구체화된 생각들을 입 밖으로 꺼낼 기회를 가지며 뒤늦게나마 표현하는 즐거움을 찾은 기분이었다.

자연스럽게 다른 사람들이 하는 이야기도 들려왔다. 주변의 보통 사람들이 갖고 있는 저마다의 의문과 고민 등을 알게 되고, 그것들이 나의 것과 크게 다르지 않음을 확인하며 위안을 얻었다. 큰 소리로 고함치거나 팔다리를 크게 휘저으며 저항하지 않더라도, 의문점을 해소하고 질문에 대한 답을 찾기 위해 매일매일 나름의 방식으로 관성에 저항하는 사람들, 때로는 혼자인 것 같은 외로움에 좌절도 하고 고뇌도 하지만 꾸준히 변화를 시도하는 사람들이 내 곁에 많이 있다는 사실을 발견했다. 저항이 있어야 마찰이 있고, 그럼으로써 변화할 수 있는 에너지가 생성된다. 그게 아무리 작더라도 말이다.

나는 여전히 '소극적'이다. 나름 확고한 철학을 가지고 있다고 생각하다가도 여전히 이리저리 흩어진 생각을 정리하는 데 오랜 시간이 필요하고, 표현은 서툴고 분명하지 못하며, 행동과 생각이 자주 앞뒤가 맞지 않아 자책하기도 한다. 혹시 분란을 일으킬까, 마음을 상하게 할까, 내가 상처받을까 두려워 타인에게 내 의견을 적극적으로 전달하지도 못한다.

하지만 이번에는 소극적이라는 말을 긍정적으로 쓰고 싶다. 대중을 휘어잡는 카리스마와 거대한 포부, 열정으로 무장하지는 않았지만 나에게는 여전히 내 생각과 의견이 있고, 그걸 나름의 방식으로 고집하며 종국엔 관성을 벗어난 작은 변화를 만들고자 하는 가느다란 의지가 있다. 이 책은 나의 소극적 저항이다.

배우는 다원주의자 | 사람에 대하여

관성을 뚫는 로켓

저항에 대하여

관성을 이기는 에너지

어렸을 때 우주에 관심이 많았다. 한때는 천문학자가 되고 싶다는 생각도 했으나, 고등학생 시절 수학을 만나며 그 꿈은 깔끔하게 접었다. 내가 그 흔히 말하는 수포자(수학 포기자)였기 때문이다. 물리나 화학은 말할 것도 없었다. 내가 우주를 즐기는 방식은 숫자보다는 이야기에 가까웠기에 그 길을 선택하지 않음에 있어서 조금의 미련도 남지 않았다. 다만, 여전히 가끔은 '내가 수포자가 아니었다면 미항공우주국 나사Nasa에서 일할 수 있었을까?' 하는 SF 소설에 가까운 상상을 한다.

한동안 우주는 잊고 지냈는데 몇 해 전 개봉한 크리스토퍼 놀란 감독의 〈인터스텔라Interstellar〉(2014)가 다시금 가슴에 작은 불을 지폈다. 갈수록 심해지는 먼지 폭풍 때문에 숨 쉬기가 어려울 만큼 황폐화된 지구를 떠나 인류가 살 수 있는 다른 행성을 찾아 나선다는 내용의 이 영화는, 암울한 미래 지구의 모습을 드라마틱하게 그리며 주인공들이 지구를 떠나 다른 보금자리를 찾아야만 하는 동기를 만들어 보여준다. 시간과 중력을 이용해 우주 공간을 탐험하는 장면들을 보고 있으면 정말 잘 만든 오락 영화라는 생각이 든다. 하지만 이 영화가 묘사한 지구를 보면 '아직' 일어나지 않은 우리의 미래 모습이라는 생각을 지우기가 어려워 마음 한 켠이 무거워진다.

영화 곳곳에는 우주에 관한 지식을 관객에게 이해시키려는 감독의 노력이 잔뜩 배어 있다. 그 덕분에 깊은 지식이 없어도 영화를 감상하는 데는 큰 지장이 없지만, 몇 번씩 보다 보니 그 뒤에 있는 과학을 이해해보고 싶은 마음이 생겼다. 중력, 차원, 시간 등의 개념은 내 짧은 지식과 부족한 이해력으로는 아무리 설명을 찾아 읽어봐도 제대로 소화가 되지 않는다. 하지만 한 가지는 분명히 알 것 같다. 인간이 이해하고 있는 세계가 얼마나 작은지 말이다.

2020년 7월, 화성 탐사 로버 '퍼서비어런스Perseverance'가

실린 로켓이 발사되는 방송을 실시간으로 보았다. 미국 동부 시간으로는 새벽, 다행히 한국 시간으로는 저녁 8시가 넘었기 때문에 챙겨 보는 것이 어렵지 않았다. 지정된 발사 가능일은 총 20일로, 화성과 지구가 알맞은 각도와 거리를 이루는 단 며칠이었다. 화성 탐사선은 천문학적인 비용과 고도의 섬세한 기술력, 연구원들의 피, 땀, 눈물로 빚어낸 결과물이기 때문에 발사는 착륙과 마찬가지로 가장 긴장되는 순간이다. 한 번의 시도에 성공하리라는 보장은 없고, 언제 생길지 모르는 크고 작은 변수에 대비해 매일매일 비슷한 시각에 발사를 시도한다는 계획이었다.

로켓 발사를 실시간으로 감상하는 것은 처음이었는데 생각보다 많이 긴장되었다. 카운트다운 시계가 1분을 막 가리켰다고 생각했는데 순식간에 10초밖에 남지 않았다. 침착하게 초를 거꾸로 세는 목소리를 들어도 떨리는 마음은 쉽게 진정되지 않았고, 그런 나의 사정과 관계없이 로켓은 영화의 한 장면처럼 육중한 몸을 들어 올리며 순식간에 날아올랐다. 1단, 2단 스테이지가 안전하게 분리되는 것을 지켜봤지만, 만에 하나 우주왕복선 '챌린저호 Space Shuttle Challenger'(1986)처럼 발사 후 수 초 뒤에 허망하게 폭발하지는 않을까 염려스러웠다. 비로소 안도의 숨을 내쉰 것은 기체가 지구 궤도에 안착했음을 확인하고 나서였다.

거대한 몸집의 금속 덩어리가 정지 상태의 관성을 이기고 지구 궤도에 올라서는 장면은 많은 생각을 하게 했다. 로켓 무게의 대부분을 차지하는 산화제와 연료는 인류가 지구를 벗어나기 위해 써야만 하는 가시화된 에너지다. 순식간에 연료를 태우고 미련 없이 떨궈버리는 1단, 2단 스테이지는 고스란히 드러난 인간의 한계임과 동시에 관성을 벗어나고자 하는 의지의 결정체다. 그렇게 로켓은 관성을 이기고, 중력을 거스르고, 마찰을 견디고, 어마어마한 열을 내뿜으며 대기권 밖으로 스스로를 내던진다.

관성과 중력을 이겨내고 지구 대기권을 지나면 지구 밖으로 나가려는 힘과 지구 중력이 작용하는 힘이 평행을 이루어 로켓은 지구 궤도를 돈다. 그 후 로켓은 또다시 공전의 관성과 태양의 중력도 이기고 소행성대를 넘어 화성으로 향한다. 커다란 관성의 힘을 거슬러 날아가는 우주선의 기체는 마찰열로 뜨겁게 달구어진다. 그 마찰과 열과 진동을 이겨내며 다른 세상을 향해 나아간다.

편안한 정지 상태를 이겨내고 날아오르는 로켓의 모습에 나를 대입해본다. 아침마다 눈꺼풀을 억지로 들어 올려 휴대폰 알람을 끄고, 세상에서 가장 달콤한 이불을 걷어내고 무거운 몸을 일으킨다. 나의 하루하루가 갈등을 겪으며 에너지를 소비할 가치가 있었는지는 시간이 지나야 알 수 있다. 혹은 끝내 알 수 없을지도 모른다.

우리가 화성 탐사를 위해 먼 여행을 떠나는 퍼서비어런스를 응원하고, 지구의 정보를 끌어안고 태양계를 넘어 날아간 보이저호Voyager의 기약 없는 여행에 감동하는 이유는 저마다 자기 마음속에 품고 있는 의문과 기대 때문일 것이다. 한때 화성에 살았을지도 모르는 생명체의 흔적을 발견하게 될지, 태양계 너머 어딘가에 우리에게 응답해줄 누군가가 있을지, 내가 지닌 의문과 바람이 미래에 어떠한 긍정적 결과물을 가져다줄지에 아무도 명확히 답을 해주기 어려울 것이다. 다만 우리의 질문과 기대가 매일 어려운 걸음걸음을 가능하게 해줄 뿐이다.

질문하는 문제아

관성이란 물체가 정지 또는 운동 상태를 지속하려는 성질이다. 비단 손으로 만져지는 물건뿐 아니라 우리 생각에도, 사회에도 관성은 존재하며 우리의 사고방식과 행동을 통제하곤 한다.

절대 다수가 만들어놓은 큰 흐름에서 빠져나오는 것은 생각만큼 쉬운 일이 아니다. 일단 머리를 굴려야 하고, 에너지를 써야 하며, 타인을 설득해야 하는 일도 생긴다. 때로 거센 마찰을 일으키기도 한다.

잠시 멈춰 서서 생각을 해보는 것이, 한 번쯤은 다

른 시도를 해보는 것이 결코 잘못된 선택은 아니다. 그런데 어떨 때는 필요한 의문을 제기했음에도 강한 반발과 따가운 눈총을 받기도 한다. "별종이다", "괜히 일을 어렵게 만든다", "뭘 몰라서 그런다"가 대표적인 반응이다.

비효율적이고 불합리하다는 부정적인 평가가 적지 않음에도 그 흐름이 절대 다수에 의해 유지되는 경우도 적지 않다. 그리고 그렇게 유지되는 이유가 '원래 그래'인 경우 우리는 할 말을 잃곤 한다. 그럼 나는 괜히 빈정대고 싶어진다. 그 '원래'라는 건 대체 언제를 말하는 거지? 탄자니아에서 시작한 인류가 극동 지방에 도착했을 때부터? 아니면 그 인류가 농업을 위해 정착하기 시작했을 때부터? 그것도 아니면 최초의 컴퓨터가 만들어졌을 때부터?

'원래 그래'는 질문을 더는 받지 않겠다는, 대화를 이어 나가지 않겠다는 두터운 벽을 형성한다. 더 물어봐야 대답을 들려주지 않을 거라는 폭력적인 침묵이고, 자기 스스로 해당 문제에 대해 진지하게 생각해본 적 없다는 게으름의 자백이다. 인간의 평균 수명은 80세 전후다. 한 사람이 경험한 세상은 자신의 일생이 전부다. 그마저도 주변 환경으로부터 영향을 받아 제한적이고, 주관적 기억과 경험으로 가득하다. 그렇게 좁고 짧은 시야를 절대적 기준으로 삼고 타인을 몰아붙이며 평가하곤 한다.

이런 글을 쓰는 나라고 크게 다르진 않다. 1950년대 프랑스 어린아이들의 모습을 유쾌하게 그려내며 오랫동안 사랑을 받은 소설 《꼬마 니콜라Little Nicholas》(르네 고시니 지음, 장 자크 상뻬 그림)에는 커스버트Cuthbert(프랑스 원서 속 이름은 아냥Agnan이다)라는 아이가 등장한다. 이 아이는 니콜라가 속한 반의 반장으로 teacher's pet, 즉 '선생님의 애제자'라는 별명으로 불린다. 그게 한글판에서 '담임의 개'로 번역되었던 것을 오래전에 본 기억이 있는데, 아주 찰떡같은 표현이라 뇌리에 깊이 박혀 있다.

내가 바로 그 담임의 개였다. 나는 절대 문제를 만들거나 이의를 제기하지 않고 선생님이 시키는 것을 썩 잘해내는, 객관식 시험에 최적화된 모범생이었다. 어려서부터 학급 임원을 맡으며 권력의 단맛을 본 나는 오만했던 것도 같다. 그 어린 나이에 코앞에 주어진 과제를 하지 않은 친구들을 학급이라는 조직에 도움이 되지 않고 타인에게 피해를 주기만 하는 '문제아'라고 여겼다. 학교에서 시키는 것을 잘하고 선생님의 심부름을 도맡아 하는 나 스스로를 우월한 위치에 두었다. 그러다가 뒤늦게야 당연한 듯 주어지는 과제, 임무, 구조, 환경 등을 향한 의문들이 나의 마음속에도 조금씩 자라났다.

'이걸 왜 해야 하는 걸까?'

'이 방법보다 더 나은 방법은 없을까?'

'이것보다 지금 당장 더 필요한 게 있지 않을까?'

그리고 이 의문들을 무시하기 힘들어지자 비로소 내 생각들을 글로 써볼 용기가 생겼다. 어쩌면 학창 시절 내가 도움이 되지 않는다고 여겼던 친구들은 자기 앞에 당연하게 주어진 과제의 근본적 이유를 궁금해했던 것인지도 모른다. 또한 납득하기 어렵고 마음이 끌리지 않는 일을 할 시간에 자기가 진짜 하고 싶은 일에 대해 생각해보고 싶었던 것인지도 모른다. 주어진 일을 시간 안에 마친 후 칭찬받기 위해 주변의 그 어떤 것도 궁금해하지 않은 것은 오히려 나였다.

관성의 사회에서 모범생으로 살아온 시간이 길다 보니 내 생각과 행동이 가닿을 수 있는 범위는 여전히 그리 넓지 않다. 하지만 자기만의 방식으로 관성에 저항하는 사람들은 주변에 생각보다 많고, 그 방법 또한 다양하다는 걸 발견했다. 그런 사람들이 내 주변에 있다는 사실에 감사할 따름이다. 그들은 시야가 좁은 나에게 세상을 바라보는 새로운 창문이 되어주기도 한다.

나보다 조금 더 유연한 사람들, 나보다 조금 더 부지런한 사람들, 나보다 조금 더 용감한 사람들로부터 관성 가득한 대기권 너머를 내다볼 힘을 얻는다. 비록 그 밖으로 로켓을 날릴 만큼의 힘이 나에게 있는지는 모르겠지만, 적어도 스스로에게 질문을 할 수 있게 되었다.

"그래서 나는 어떻게 살고 싶은가?" 하고 말이다.

현명한 물질주의자

물건에 대하여

'필요한 때'는 언제인가

지난 1월, 코로나 바이러스가 마치 영화처럼 우리 앞에 등장했다. 그러고는 우리의 일상을 순식간에 바꿔놓았다. 항상 마스크를 쓰고 가방 속에는 손 소독제를 넣어 다니며 사람 많은 곳은 기피하게 되었다. 고대하고 고대하던 콘서트는 거짓말같이 취소되었고, 가족과 친구도 만나기가 어려워졌다. 2019년 12월까지만 해도 결코 상상할 수 없었던 생활이기에 하루하루가 혼란과 좌절 그 자체였다.

대체 어쩌다 이런 일이 생기게 된 건지 따져 물으며

그 누군가를 지독하게 원망하고 싶지만, 그런다고 해결될 문제가 아니라는 점에 더 화가 났다. 사실상 길다면 길고 짧다면 짧은 인류의 역사는 전염병과 늘 함께해왔고, 우리는 그 역사의 한가운데에 있을 뿐이라는 생각으로 마음을 다스릴 수밖에 없다.

코로나 바이러스 때문에 밖을 자유로이 다닐 수 없는 사람들이 불안감을 해소하기 위해 배달 서비스를 이용하는 것은 너무나 당연한 결과다. 나에게도 배달 서비스 이용은 자연스러운 선택이 되었는데, 그중 식재료 배달은 내 예상 밖의 일이었다. 음식 배달도 아니고 식재료 배달이라니. 몇 년 전까지만 해도 상상조차 하기 힘들었다. 한 끼 식사를 전화나 인터넷으로 주문해본 것이 전부였던 나에게 식재료 배달은 어딘지 모르게 부자연스러웠다.

동네 마트에서는 부피가 큰 식재료는 배달을 해주곤 했다. 하지만 그건 어디까지나 소비자가 마트에서 직접 장을 본 뒤, 짐의 무게가 많이 나가거나 일정 금액을 초과하는 경우 배달을 해주는 서비스에 불과했다. 그런데 내 눈으로 직접 보고 골라서 카트에 싣지 않아도 나를 대신해서 누군가가 식재료를 하나하나 담아 집까지 가져다준다니. 안면조차 없는 누군가가 내 권리를 침해한다는 꺼림칙한 느낌이 들었다. 2017년 미국 거대 기업 아마존Amazon이 유기농 슈퍼마켓 체

인 '홀 푸드Whole foods'를 인수했다는 기사를 접했을 때 의아해
했던 것이 떠올랐다.

'아니, 누가 식재료를 집으로 주문해서 먹는다고 아마존
은 그런 모험을 하나? 땅덩어리가 넓은 미국이라 가능한가?'

하지만 사업에는 소질이 없는 나의 경직된 시야를 확인
시켜주듯 식재료 배달은 이제 우리에게도 자연스러운 일상
의 모습이 되었다.

인구가 적고 인건비가 비싸 배달 서비스가 상대적으로
덜 발달한 핀란드에서 오래 살다 와서 더 그랬을까? 식재료
배달 서비스를 받아들이는 데까지는 시간이 조금 필요했다.
14년의 핀란드 생활을 마치고 한국으로 돌아오기 1년 전쯤
인 2018년, 휴가 차 방문한 조카의 집 앞에 배달된 식재료를
보고 견고했던 어떤 벽이 허물어지는 느낌을 받았다. 상자에
서 하나둘씩 나오는 고운 자태의 사과, 양파, 빵을 본 첫 소감
은 "우와, 이게 진짜 되는구나!"였다.

신기하고 편해 보였다. 하긴 싱싱한 사과와 호박과 당근
을 고르는 데 무슨 커다란 차이가 있다고 권리씩이나 운운했
을까. 더 좋은 채소와 과일을 고르는 나만의 특별한 비법이
있는 것도 아니면서 말이다. 이전과는 다르게 식재료 배달
서비스를 바라보는 내 시선이 많이 부드러워졌음에도 과연
내가 이용할 일이 있을까 싶었는데, 바이러스가 그 동기를 제

공할 줄은 꿈에도 상상하지 못했다.

　과일, 채소는 물론이고 빵, 각종 디저트에 레토르트식품, 유명 맛집 포장 음식까지 어플리케이션을 열어 화면을 쳐다보고 있는 것만으로도 시간이 훌쩍 지나갔다. 나에게 배달 음식은 대학생 시절 지저분한 미대 건물에서 야작(야간작업)을 할 때 친구들과 함께 시켜 먹던 뚝불(뚝배기 불고기)이나 김치찌개, 짜장면, 피자가 전부였는데 이건 가히 신세계였다. 게다가 수입 재료 상점에 직접 가서 찾아야 하는 재료들까지 쉽게 주문할 수 있었다. 잠들기 전에 불량식품을 먹으며 유명 요리사의 요리 대결이나 맛집 탐방 방송을 보며 대리 만족을 하는 것처럼, 어느새 휴대폰 화면을 보며 흡족해하고 있는 내 모습을 발견했다.

　무엇보다도 나를 움직이게 만든 것은 빵이었다. 핀란드에서 지낸 시간을 무시 못하는 듯, 나는 북유럽식 빵에 동요했다. 유학 시절, 학교 식당에서 처음 그 맛을 보았을 때 도저히 빵이란 사실을 인정할 수 없었던 갈색의 딱딱한 발효 호밀빵이 그것이다. 핀란드 말로는 '루이스 레이빠ruisleipä'라 부른다. 달달하고 촉촉하고 폭신폭신한 한국식 디저트 빵에 익숙해 있던 나에게 시고 짜고 건조하고 밀도가 매우 높은 그들의 식사용 빵은 가히 충격에 가까웠고, 다시는 절대 입으로 가져갈 일이 없을 거라고 다짐 아닌 다짐을 했다.

그러나 '절대'라는 말만큼 세상에 무색한 것이 또 없듯이 14년이라는 시간 동안 나는 이 발효 호밀빵을 꽤나 즐기고 있었다. 핀란드 어디에나 그 빵이 있었기 때문에 피할 수 없어 먹게 된 것도 같다. 우리나라 사람들이 해외에 가면 김치를 그리워하듯 핀란드 사람들은 이 호밀빵을 그리워한다더니, 내가 딱 그 꼴이었다. 한국인과 결혼해 한국에서 살고 있는 핀란드 사람에게 "핀란드에 다녀오면서 뭐 좀 사다 줄까?" 하고 물으면 이 호밀빵을 사다 달라고 부탁한다는 이야기를 들었을 때 그냥 웃어 넘겼는데, 그 사람이 어떤 심정으로 그런 말을 했을지 짐작이 갔다.

희고 말랑한 빵이 물리고 동네에서 구할 수 있는 잡곡 통밀빵이 밍밍하다고 느끼던 차에 식재료 배달 어플리케이션에서 발견한 이 호밀빵은 커다란 기쁨이었다. 구할 수 없다고 생각할 때는 잊고 지내다가 막상 가능성이 보이니 안달이 나 망설임 없이 주문했다. 내가 찾은 빵은 독일식 빵이라고 표기되어 있었다. 물론 내가 바라던 맛과 100% 일치하지는 않았다. 핀란드에서 먹었던 빵이 훨씬 시고 짜고 건조했다. 하지만 북쪽 유럽에 사는 사람들이 공유하는 재료와 방식으로 만들어서 그런지 그리움을 달래주기에는 부족함이 없었다.

코로나로 잔뜩 겁을 집어먹은 터라 장보기 위해 애써서 밖을 돌아다니고 싶지 않았기 때문에 한동안은 휴대폰 화면을 쳐다보며 국수며, 떡볶이며, 간식을 신나게 배달시켜 먹었다. 쿰쿰한 쌀국수와 유명 분식집의 국물 떡볶이가 집 안에 틀어박힌 코로나 시대의 안타까운 영혼을 위로해주는 듯했다.

코로나 바이러스와 함께하는 생활에 차츰 익숙해질 무렵, 그렇게 음식 쇼핑으로 풀고자 했던 스트레스도 조금은 누그러진 상태였다. 그리고 곧이어 다른 문제점이 있다는 것을 인정해야 했다. 그건 바로 엄청난 양의 포장 쓰레기였다.

'코로나 블루'의 여파로 지친 나를 위로하느라 배달을 시킬 수밖에 없었다고 핑계를 대보지만, 쓰레기가 많이 나오리라는 것을 짐작 못한 것은 아니다. 배달 식재료들의 포장이 과하다는 것은 상자를 품에 안는 순간부터 느낄 수 있다. 가장 겉에 있는 종이 상자를 열면 완충제와 냉각제가 보이고, 그 안에는 또다시 비닐이나 상자, 그 상자 안에서 또 다른 비닐에 싸인 제품이 마침내 모습을 드러낸다.

식재료 배달이라는 특성상 물품 보호를 위해 포장제를 넉넉히 쓰는 것은 이해한다. 또 신선도를 유지해야 하는 제품의 경우 냉각제를 쓸 수밖에 없다는 사실도 잘 안다. 하지만 '내용물 보호'라는 소기의 임무를 마치면 망설임 없이 버려지는 이 잘 만들어진 쓰레기들이 고스란히 죄책감으로 쌓인다. 그중에는 멋들어진 서체와 그림이 인쇄된 매끈한 푸른색 종이 상자도 있었는데, 상자 안에서 내용물을 꺼낸 뒤 쓰레기통으로 던져 넣기까지 내 행동에는 아무런 지체가 없었다. 상자에 눈길이 머무른 것은 단 몇 초에 지나지 않았다.

아마도 이번 코로나 사태를 계기로 나처럼 식재료 배달을 처음으로 시도한 사람들이 많았으리라 짐작한다. 쉽고, 안전하고, 스트레스도 풀어주니까 말이다. 하지만 눈앞에서 점점 높이 쌓여가는 거대한 쓰레기 산을 못 본 척하고 계속 주문을 이어갈 수는 없었기에 나는 식재료 배달을 잠시 멈추기로 했다. 호밀빵이 당장의 내 추억팔이에 맞장구를 쳐주긴 했지만, 허물처럼 남겨진 포장제가 땅속에서 혹은 바닷속에서 수십, 수백 년 동안 그대로 남아 있을 것을 생각하니 마음 한 켠에 자라는 불편한 감정을 무시할 수가 없었다.

배달 서비스로 위로도 받고 기쁨도 얻었다. 하지만 이제는 식욕보다는 죄책감이 더 커 장바구니에만 조용히 담아놓고 먹방 보듯 즐기고만 있다. 이렇게 현실을 즐기지 못하는 나는 미련하고 청승맞은 걸까?

"필요할 땐 써야지."

나도 이 말에는 동의한다. 하지만 그 '필요한 때'가 언제인지 헷갈릴 때가 있다. 지금 나는 헷갈린다.

유별난 손님

오랜 핀란드 생활을 마치고 2019년 여름 한국으로 돌아왔다. 이번에 우리 식구가 살게 될 곳은 한 번도 가본 적 없는 도시, 울산이다. 컨테이너에 실려 헬싱키에서 출발한 우리 식구의 익숙한 살림살이들이 인도양을 지나 약 두 달이 걸려 무사히 부산항에 도착했다. 가장 더운 여름, 적도 부근을 지나오는 동안 다행히도 컨테이너 안의 물건들은 망가지지도, 그 안에서 전에 없던 새로운 생명체가 둥지를 틀지도 않았다.

물건들이 하나씩 제자리를 찾아가면서 내 마음은

조금씩 조급해졌다. 새로운 동네에 온 만큼 맛있는 음식을 파는 식당들을 빨리 알아내고 싶었다. 세상에 남이 해주는 밥만큼 고마운 게 없고, 그게 내 입맛에 맞으면 그만큼 좋은 게 없다는 걸 타지에서 오랜 자취 생활을 하며 느꼈다. 게다가 익숙한 맛이 있는 내 나라에 왔으니 기대가 더 컸다.

실제로 한동안은 뭘 먹어도 다 맛있었다. 아무리 옆에서 "이건 좀 별로다", "오늘은 맛이 그저 그렇네" 하며 냉정한 평가를 내려도 말이다. 우리 세 식구는 주말이면 이 식당 저 식당을 다니며 맘에 드는 곳을 찾기에 여념이 없었다. 어느 정도 시간이 지나고 몇 번의 시행착오 끝에 드디어 식당 몇 군데를 고를 수 있었다.

급작스럽게 터진 코로나 사태가 장기화되면서 식당에 가서 먹기가 꺼려지자 음식을 테이크아웃하는 횟수가 자연스레 늘어났다. 배달을 시킬 수도 있었지만, 우리가 좋아하는 식당들은 도심에서 조금 떨어진 우리 집까지 음식을 배달하지 않았다. 그리고 몇 번 배달 음식을 주문해 먹어보니 스티로폼, 비닐 랩, 일회용 플라스틱 용기 등 쓰레기가 만만치 않다는 것을 알게 되었다. 먹는 즐거움은 컸지만 순식간에 꽉 찬 쓰레기통을 보면 답답해지기도 했다.

이 문제에 나보다 조금 더 예민한 남편은 문제의식을 느낀 바로 그날로 대용량 유리 밀폐 용기를 여러 개 구입했다.

식당에 가서 어떤 음식을 주문해도 2인분은 넉넉히 들어갈 만한 크기였다. 남편은 음식을 테이크아웃하러 갈 때마다 이 밀폐 용기들을 담은 큰 가방을 들쳐 메고 나간다.

식당에 간 남편이 밀폐 용기들을 꺼내며 "여기에 음식을 담아주실 수 있으세요?" 하고 물으면 대부분의 직원들은 처음에는 적잖이 당황한다. 이렇게 직접 용기를 들고 오는 손님이 흔하지 않아서일 거다. 우리 식구가 자주 가는 식당은 거의 정해져 있어서, 이 일이 몇 번 반복되고 나자 남편이 등장하면 이제는 자연스레 용기부터 건네받는다.

문득 남편에게 붙은 별명이 있을 것 같다는 생각이 든다. 특이한 손님, 유별난 손님, 까다로운 손님 중 하나일 것 같은데, 혹시 고마운 손님일 수도 있지 않을까 하고 소심한 기대를 해본다. 우리가 좋아하는 동네 중국집에서도 남편은 꽤나 주목을 받는 것 같다. 곤충처럼 생긴 초소형 전기차를 타고 항상 커다란 밀폐 용기를 들고 와서는 음식을 가져가는 사람이 특이해 보이지 않으면 그게 더 이상할 것도 같다. 그런 남편을 기특하게 생각하셨는지, 짬뽕 2인분을 시키면 사장님은 언제나 3인분을 넣어주신다.

2020년 여름, 밖을 마음대로 다니지 못하는 것이 그렇게 큰 스트레스가 될 수 있다는 것을 처음으로 깨달았다. 집에 있는 것을 너무나 좋아하는 나도 우울해졌으니 말이다. 다행히 울산은 바닷가 도시라 종종 해변으로 바람을 쐬러 가곤 했다. 파도가 부서지는 너른 해변에서 형형색색의 동글동글한 몽돌을 바라보고 있노라면 그간 쌓인 답답함과 스트레스에 부딪혀 모난 감정들이 조금은 뭉툭해지는 기분이 들었다.

그렇게 바닷가에 가는 날이면 우리는 오후 느지막이 단골 이탈리아 식당에 전화를 걸어 미리 음식을 주문한다. 시간이 되면 어김없이 유리 밀폐 용기와 수저를 챙겨서 주문한 음식을 받아 들고 바닷가로 향한다. 음악을 틀어놓고 파도를 바라보며 저녁을 먹고 있으면 작은 차 안은 그 순간 세상에서 가장 안전하고 경치 좋은 식당이 된다. 그렇게 몇 시간을 보내고 파도의 하얀 포말마저 눈에 잘 보이지 않을 무렵이 되면, 우리는 빈 용기들을 주섬주섬 챙겨서 조금은 동그래진 마음으로 집으로 돌아온다.

선택지가 잘못되었습니다

핀란드에서 살던 시절, 집으로 돌아오는 길에 언제 갑자기 장을 보게 될지 몰라 가방 안에는 항상 천으로 된 장가방을 넣어 다녔다. 슈퍼마켓 계산대 앞에서 판매하는 비닐봉지는 당시 60센트(약 900원)로 비쌌기 때문에 장가방을 가지고 다니는 것이 자연스레 습관이 되었다.

하얀 천에 이런저런 그림과 글씨가 새겨진 장가방에는 어느새 '에코백'이라는 그럴싸한 이름이 붙어 있었다. 그 가방을 메면 어떤 제품을 구매하더라도 친환경 제품으로 둔갑시켜주겠다는 건지, 환경운동에 앞장서는 사람으로 만들어주겠다는 건지 모르겠지만, 순식간에 유행처럼 번져 에코eco라는 이름이 무색해졌다. 여기저기서 사은품으로, 선물로 받은 탓에 가방을 굳이 따로 사 모으지 않아도 이미 집에 한가득 쌓여 있었다. 덕분에 장가방은 넘치게 많았다.

슈퍼마켓 계산대 앞에서 판매하는 비닐봉지는 가격이 비싼 대신 한 번 쓰고 버리기 아까울 정도로 튼튼했다. 반면 과일, 채소 진열대 앞에 돌돌 말려 한 장씩 뜯어 사용할 수 있도록 되어 있는 두루마리 비닐봉지는 무료였다. 그러다 보니 크고 튼튼한 봉지를 구매하지 않고 이 작고 얇은 무료 봉지를 여러 장 겹쳐 장 본 물건들을 담아가는 사람들도 발견할 수 있었다. 그 두루마리 비닐봉지 옆에는 가끔 종이봉투도 비치되어 있어 구매자가 과일과 채소를 담을 때 선택할 수 있게끔 해주었다. 그러면 나는 그 앞에 우두커니 서서 고민을 하곤 했다.

'둘 중 뭘 써야 환경에 덜 해로울까?'

'둘 중 뭘 써야 그나마 여러 번 사용할 수 있을까?'

'둘 중 뭐가 더 차악次惡, lesser-evil일까?'

나에겐 매우 어려운 선택이었다. 플라스틱 비닐 쓰레기로 전 세계가 몸살을 앓고 있으니 당연히 종이를 선택해야 할까? 종이는 친환경 소재라는 이미지가 있으니까 말이다. 하지만 친환경이라는 말 역시 에코처럼 그럴듯한 포장지일 뿐, 종이를 가공하는 데에도 엄청난 에너지가 쓰이고 오염 물질이 만들어진다. 그럼 차라리 종이보다 여러 번 쓸 수 있는 비닐봉지가 조금 더 나을까?

두 개의 잘못된 선택지 앞에서 무엇을 골라도 마음이 편치 않았다. 그래서 고민 끝에 내린 나름의 결론은 흙이 많이 묻은 채소가 아니고서는 그냥 낱개로 카트에 담는 것이었다. 과일과 채소는 어쨌든 세척해서 먹고, 장가방은 나중에 세탁을 하면 되니 그냥 담는다고 문제가 될 것은 없었다. 다만 계산대에 올려둔 사과를 하나하나 도르르 굴려야 하는 계산원에게 미안할 뿐이었다.

그런 일이 반복되자 남편은 어디선가 낱개 과일이나 채소를 담을 수 있는 반투명 천 주머니를 구해왔다. 어디서 사왔냐 물으니 항상 가는 슈퍼마켓 한쪽에서 판매하고 있는 것을 우연히 발견하고 사왔다고 했다. 두루마리 비닐봉지, 종이봉투와 함께 놓여 있었다면 그간 내 고민도 그리 길지 않았을 텐데 말이다.

그 천 주머니는 겉에서 내용물이 훤히 보이기 때문에 계산원이 확인하기도 좋고, 작은 사과 7~8개는 충분히 들어가는 크기라 만족스러웠다. 다만, 주머니를 따로 챙기는 것이

습관으로 자리 잡기까지 생각보다 오랜 시간이 걸렸다. 성공적으로 기억해내고 챙겨 나간 날에는 성취감 비슷한 것도 느꼈다.

그 주머니는 우리를 따라 한국까지 왔다. 마트에 가서 주머니에 과일이나 상추를 담을 때 점선을 따라 두루마리 비닐봉지를 뜯어내며 죄책감을 느끼지 않아도 돼서 사용할 때마다 스스로에게 대견함을 느낀다. 오늘도 잊지 않고 잘 챙겨온 나에게 주는 선물 같은 감정이다. 당장 나에게 돌아오는 보상은 나만 아는 그 감정이 전부인 듯하다.

그러다 가끔씩 계산원이 "이런 걸 가지고 다니세요? 너무 좋아 보이네요" 하고 칭찬을 해주면 기분이 좋다. 나이 들고 생면부지 타인으로부터 칭찬받을 일이 별로 없다 보니 그런가 보다. 그런 일이 있고 나면 다음번에 장을 보러 가서는 좀더 당당하게 천 주머니에 사과를 담게 된다.

기꺼움의 기한

한국에 들어오기 직전, 핀란드에서 오래된 장난감을 모아서 팔고 있는 중고 장난감 가게에 가보았다. 수십 년 동안 같은 자리를 지켜온 그 가게에는, 어린 시절 향수를 지닌 어른들과 오래된 것이든 새것이든 장난감 자체에 신이 난 아이들로 북작였다. 가게 주인이 워낙 오랜 시간에 걸쳐 방대한 양을 수집해왔기 때문에 넓은 가게 안에 미로처럼 늘어서 있는 진열장들은 온갖 장난감들로 가득했고, 그마저도 자리가 부족해 바닥에도 군데군데 쌓여 있어 복도는 양방 통행이 어려웠다.

한번 발을 들이면 나갈 생각을 하기 어려운 달콤한 수렁 같은 가게였다.

내가 이 가게를 찾은 이유는 레고lego를 구하기 위해서였다. 아이가 알록달록한 작은 레고를 음식으로 착각하고 입에 넣을 나이는 지났다는 확신이 들자 빨리 구해주고 싶었다. 중고 거래로 야금야금 사들이기 시작했지만 원체 크기가 작아서인지 아무리 모아도 턱없이 부족해 보이기만 했다. 레고는 아이의 장난감이자 어른의 장난감이기도 해서 한 상자를 가득 채우고 싶다는 나답지 않은 물욕이 일었다.

중고 장난감 가게 주인은 가게 한쪽에 레고만을 위한 자리를 따로 마련해놓았다. 블록들은 색깔과 크기 별로 분류되어 차곡차곡 쌓여 있었고, 나무, 사람, 창문과 같이 특수한 모양의 블록들은 따로따로 나누어 상자 안에 정리되어 있었다. 한참을 그 자리에 서서 바구니에 한아름 블록들을 골라 담았다. 70년대에 만들어진 블록이라 그런지 요즘 블록이 가지고 있는 다양하고 섬세한 색상들과는 다르게 빨강, 파랑, 노랑, 검정, 하양으로 굉장히 한정적이었다. 하지만 어차피 기본 색상들은 많아도 부족한 법이니 그 점이 크게 신경 쓰이지는 않았다.

크고 작은 기본 블록들과 요즘 레고에서는 찾아보기 힘든 특이한 모양의 창문과 문을 골라서 계산을 마치고 나니,

가게 주인이 역시 70년대에 만들어진 것이라며 머리가 동그란 초록색 레고 나무 한 그루를 선물로 주었다.

구입한 블록을 집으로 가져와 상자에 쏟아붓고 보니 요즘 만들어진 레고와 눈에 띌 만한 큰 차이점이 없어 보였다. 물론 가까이서 자세히 살펴보면 미묘하게 다른 색상과 거친 표면 때문에 어렵지 않게 옛것을 골라낼 수는 있지만, 이리저리 섞여 있으니 별다른 이질감은 느껴지지 않았다. 무엇보다 50년이라는 시간의 간극이 무색할 만큼 오차 없이 끼워지는 그 정확성이 그저 놀라울 따름이었다. 이 회사가 어떻게 이렇게 오랫동안 전 세계적으로 사랑을 받을 수 있었는지를 두 눈으로 확인한 기분이었다.

블록들을 바라보며 가장 먼저 든 생각은 오래된 중고 레고를 벌품 팔아 구해온 것 자체로 기분이 좋았다는 것이다. 오래된 장난감에 새 숨을 불어넣어주었다는 생각에 내심 뿌듯했다. 플라스틱 레고가 1947년부터 생산되었다는데 지금도 전 세계적으로 꾸준히 사랑을 받고 있으니 실로 어마어마한 양의 블록이 생산되었을 것이다. 지금 이 시각에도 지구 어디선가 어떤 마트에서 누군가가 레고 상자를 계산대 위에 올려놓을 테지만, 동시에 누군가의 집에서는 몇 년째 잠자고 있는 블록들이 셀 수도 없이 많을 것이다.

'그 많은 블록은 다 어디로 갔을까?'

문득 이 생각이 들어 중고 레고를 찾아보게 되었다. 물론 진즉에 인터넷으로 알아볼 수도 있었겠지만 발품을 판 덕분에 신기하고 재미있는 가게도 구경하고, 레고 나무도 선물로 받았으니 잘 다녀왔다 싶었다.

하지만 우습게도 시대 구분 없이 한데 뒤섞여 있는 블록들을 빤히 바라보고 있자니 좀 전에 느낀 뿌듯함과는 상반된 감정이 스멀스멀 올라왔다.

'그냥 새것 사고 말지.'

혼란스러웠다. 50년의 시간 차를 뛰어넘는 극상의 퀄리티 덕분에 육안으로 보았을 때 큰 차이도 없는데, 난 뭘 확인하고 싶어서 그 먼 곳까지 귀한 시간을 들여 다녀왔을까? 내가 무슨 옛날 레고 수집가도 아니고. 그 장난감 가게를 찾아가기 위해 버스를 갈아타고 정류장에 내려서도 한참을 걸었다. 편도로 한 시간이 넘는 거리였다. 게다가 가게가 외진 곳에 있었기 때문에 수시로 지도를 확인하며 걸어야 했다. 누군가에게 보여주고 전시하기 위해 중고 물건을 사는 것은 아니지만, 그렇게 시간을 들일 만큼 가치가 있었나? 내가 산(혹은 구제한) 블록들보다 방금 몇 초 전에 버려진 플라스틱이 훨씬 많을 텐데, 레고로 정의를 구현해보겠다고 시간을 쓴 건가?

온갖 생각이 들었다. 불편함을 감소하면서까지 내가 추구했던 것은 결국 '뿌듯함'뿐인가? 아니면 누군가 우리 집에

놀러왔을 때 "이게 70년대 레고래" 하고 자랑 아닌 자랑을 할 때 써먹을 수 있음에 만족해야 하나? 그 불편이 언젠가 나에게 보상이 되어 돌아올까?

생각해보니 그날 나는 중고 장난감 가게에 다녀오는 데만 네 시간을 넘게 썼다. 그래서 힘들다고 징징대는 건가 보다.

장기화된 코로나 사태 '덕분에' 취미 아닌 취미를 발굴해낸 어느 지인의 이야기를 해보고 싶다. 그 취미의 정체는 바로 철저한 쓰레기 분리수거다.

그분은 집에서 보내는 시간이 늘어나자 쓰레기가 평소보다 더 많이 쌓여가는 것을 발견했고, 분리수거를 제대로 한번 해보자는 충동에 사로잡혔다. 집 안에서 할 수 있는 활동을 늘려 몸을 움직여보자는 취지도 있었다. 비닐과 플라스틱 상자에 붙은 스티커, 페트병과 유리에 붙은 비닐과 스티커, 종이 상자에 붙은 테이프도 아주 꼼꼼하게 제거하고, 음료수 팩은 깨끗이 세척해서 가위로 잘라 차곡차곡 쌓아두었다.

처음에는 당장 그만두고 싶을 만큼 귀찮고 힘들었지만 제대로 해보자는 오기로 이어나갔고, 그분은 지금 그 무엇보다도 분리수거 과정을 즐기고 있다. 쓰레기가 엉망진창으로 쌓인 아파트 분리수거함에 본인이 깔끔하게 손질한 쓰레기들을 넣으며 이루 말할 수 없는 성취감과 쾌감을 느낀다. 그 긍정적인 감정들이 꼼꼼한 분리수거를 지속하는 원동력인 것이다. 성실하게 분류한 쓰레기를 버리며 뿌듯함에 취해 있는 동안, 그 옆에는 내용물이 줄줄 흐르는 우유팩을 던지듯 넣고 사라지는 이웃이 있다 해도 말이다.

이 이야기를 들으며 그분을 향한 존경심이 생겼다. 많은 이웃들이 신경 쓰지 않는 상황에서 과연 나는 꼼꼼한 분리수거를 포기하지 않을 수 있을까? 테이프를 전부 깔끔히 제거한 종이 상자를 버리러 갔을 때 수거함 한가득 쌓인 테이프 붙은 상자들을 보고도 허무감을 느끼지 않을 수 있을까?

'나 혼자 아등바등하면 뭐해. 계란으로 바위 치기지.'

'이런다고 뭐가 나아질까? 나만 힘들지.'

허무감은 이런 주제에 있어서 단골손님이다. 해야 하는 일, 하면 좋은 일이란 사실에 많은 사람들이 공감하지만 이상하게 실천하는 사람들은 드물고, 어느새 주위를 둘러보면 실천에 옮기고 있는 나 혼자 유별나고 특이하고 상대하기 피곤한 사람이 되어 있다. 아주 외롭고 고독한 상황이다. 나의 노력이, 나의 시간이, 나의 믿음이 마치 '쓸모없는 것'처럼 느껴지는 것은 정말 한순간이다.

헬싱키미술대학 대학원 과정 졸업을 앞두고 가구를 제작해 결과물을 보여줘야 하는 시기가 다가왔을 때, 나는 당시 남자 친구였던 남편과 이 허무감에 대해 종종 이야기를 나누었다. 그때의 나는 생산에 매우 회의적이었고, 곧 있을 가구 제작 과정에서 내가 만들어낼 쓰레기에 앞선 죄책감을 갖고 있었다. 남편은 그런 나에게 이런 말을 해주었다.

"너무 마음 쓰지 마. 자기가 뭘 어떻게 해도 할리우드 액션 영화 찍을 때 도시 폭파 장면 한 번 촬영하면 나오는 쓰레기와는 비교도 할 수 없을 테니까."

아아… 참으로 허무하다. 물론 나를 좌절시키려 한 이야기는 아니었겠지만, 너무 맞는 말이라 헛웃음이 나오고 머릿속이 멍해졌다.

포장 쓰레기가 싫어 배달 음식을 자제하고, 테이크아웃 유리 용기를 가지고 다니고, 비닐봉지를 덜 쓰려고 따로 주머니를 마련하고, 세제를 리필해서 쓰고, 중고 장난감을 구매하는 일련의 의식적인 행동들이 할리우드 영화 세트장에서 폭발물과 함께 파편이 되어 날아간다. 나의 미미한 발버둥

이 애처롭고 부질없이 느껴진다. 당장 보상을 받기는커녕 길거리에서, 공장에서, 슈퍼마켓에서, 심지어는 바다 건너에서 누군가가 뒤통수를 거나하게 치는데 멈춰 서지 않을 사람이 어디 있을까?

그분이 대단하다고 느낀 것은 뿌듯함이 허무감을 이겼다는 데에 있다. 말끔하게 정리하지 않은 쓰레기를 아무렇게나 던지고 사라지는 이웃을 보면서도 본인의 시간과 노력에 허무감을 느끼는 대신, 오히려 엉망진창 쓰레기 더미 속에 곱게 놓인 본인의 쓰레기를 보고 성취감을 느꼈다는 점이다. 그리고 자신이 놓고 간 쓰레기들을 보고 언젠가 또 다른 이웃이 공감하고 동참할 것이라는 희망 섞인 기대를 잃지 않는다는 사실이다.

"선행을 하는 데에 대가를 바라지 마라"라는 말이 있다. 이건 선행이 아니고 당연히 해야 하는 일이기에 적절한 비유인지는 모르겠지만, 때로는 대가도 보상도 절실히 필요하다. 좋은 행동임에도 불구하고 우리가 실천으로 옮기지 않는 이유는 나에게 당장 어떠한 형태의 이득도 돌아오지 않음을 은연중 알고 있기 때문이다. 그 보상은 재화나 상패, 상장이 아니다. 그저 눈에 보이는, 피부로 느껴지는 변화다.

허무감을 느낀다고 해서 내가 여태까지 해온 일들을 그만두지는 않을 것 같다. 이미 내 안에서 수없이 고민하고 포기하고 결심하고 주저한 행동들이기 때문에, 이제는 하지 않으면 마음이 불편하다. 어쩔 수 없이 당장은 '해야 하는 일을 하고 있다'는 뿌듯함이 내 미미한 저항에 유일한 보상임을 받아들여야겠다.

태워줄까, 묻어줄까?

"그거 다 소용없대."

청천벽력 같은 말이다. 분리수거에 대해 대화를 나누다 보면 자주 등장하는 이 말은, 짧지만 꽤나 센 충격의 여파를 남긴다. 그렇게 느끼는 이유는 나를 비롯해 많은 사람들이 박스의 테이프를 떼어내다가도, 유리병에 붙은 스티커를 벅벅 긁어내다가도, 배달 플라스틱 용기를 세척하다가도 마음 한구석에 '이게 소용 있을까?' 하는 의심을 한 번쯤 해봤기 때문이다.

요즘 들어 쓰레기, 환경, 기후변화와 관련된 인터넷 기사가 이전보다 더 자주 보인다. 이제야 환경이 대중적인 소재로 떠오른 것이 내심 기쁘면서도, 이제 정말 올 것이 왔다는 생각에 무섭기도 하다.

얼마 전에는 플라스틱 쓰레기 분리수거에 관한 기사를 하나 읽었다. 음식물이 묻은 일회용 플라스틱 용기를 깨끗이 씻어 말린 다음 분리배출을 해도 우리의 기대대로 재활용되지 않고 소각, 매립되는 경우가 많다는 내용이었다. 이러한 용기는 재활용 마크 밑에 'other'(아더)가 표기되어 있는 경우가 많은데, 한때 이 마크가 표기된 플라스틱, 비닐은 재활용이 불가능하다는 소문이 떠돌기도 했다.

other는 다섯 가지 단일 재질(LDPE, HDPE, PP, PS, PVC) 이외에 다른 재질로 이루어져 있거나, 두 가지 이상의 재질이 섞여 있는 경우 표기하는 방식이다. 비닐류는 단일 재질이든 그렇지 않든 한데 모아 태워 연료로 재활용한다. 다만 플라스틱 용기의 경우는 합성물질이 더 다양하고 분류하기가 어려워 적지 않은 경우 일반 쓰레기로 처리된다고 한다. 합성물질을 재활용을 위한 원재료로 다시 만들면 품질이 크게 떨어지기 때문에 그만큼의 에너지를 쓸 가치가 없다는 게 재활용하지 않는 이유라고 한다.

재활용되는 줄 알고 열심히 분리배출했는데 현실은 기대와 다르다는 데에 무력감과 배신감을 느낀다. 이런 소식을 접할 때면 '인류는 망했다'는 생각이 절로 든다.

그렇다면 많은 쓰레기의 종착지인 소각과 매립을 우리는 어떻게 바라봐야 할까? 소각을 하면 그로 인해 생기는 열로 지역난방을 할 수 있다고 한다. 물론 그 과정에서 배출되는 탄소와 각종 대기오염 물질에 대한 우려와 의심은 당연한 것이다. 반면 매립을 선택하면 덮어놓고 잊을 수 있을 것 같지만, 각종 쓰레기가 아주 천천히 부패하는 동안 수십, 수백 년에 걸쳐 뿜어내는 메탄가스와 독성 침출수, 토양 오염 물질 등을 마주해야 한다. 결국 소각과 매립 중 무엇이 더 나쁘냐 물으면 답을 내놓기가 쉽지 않다.

이런 이유로 스웨덴의 쓰레기 정책은 논란이 되었다. 스웨덴의 플라스틱 쓰레기 재활용률은 47%다. 가정용 쓰레기는 총 수거량의 1%만이 매립지로 향하는데, 몇 년 안으로 이마저도 0%로 줄일 계획이란다. 이에 스웨덴 정부는 자신들의 정책과 기술이 지닌 지속 가능성을 적극 홍보하며, 기술력과 혁신성을 고루 갖춘 국가임을 대외적으로 각인시켰다.

하지만 여기에 의문점을 제기하는 사람들도 있다. 스웨덴은 매립보다는 소각을 선택하고 있는데, 소각의 일부를 재활용으로 여겨 이를 재활용률에 포함시켜왔기 때문이다. 스웨덴 측의 주장은 다음과 같다. 매립을 하면 그 어떤 것도 얻을 수 없지만 소각을 하면 열을 얻을 수 있고, 그 열로 지역난방을 할 수 있기 때문에 단기적으로 보았을 때 그것이 훨씬 더 나은 선택이라는 것이다. 실제로 소각을 선택하고 온실가스 배출량이 많이 줄었다고 한다. 그 때문인지 소각장이 도심 한가운데에 있는데도 시민들의 반응은 놀랍도록 긍정적이다.

"그냥 땅에 묻어버리는 것보다 뭐라도 얻으니 좋은 거죠."

생각해보면 이 주장에 설득력이 있는 것 같기도 하다. 땅에 파묻어도, 소각장에서 활활 태워도 해로운 가스가 나오는 게 매한가지라면, 파묻기보다는 그걸로 난방이라도 하는 게 더 나은 선택이 아닐까? 매립을 하면 당장 눈앞에서는 치워버릴 수 있지만 문제가 해결됐다는 생각은 들지 않는다. '눈 가리고 아웅'인 것만 같다. 우리가 발을 딛고, 마실 물을 얻고, 농작물을 키워내는 바탕인 땅이 오염된다고 상상하면 사람들이 아주 느린 속도로 가장 고통스럽게 죽어가는 디스토피아 영화의 한 장면이 떠오른다. 그런 땅에서는 식물도, 동물도 살 수 없을 테니 인간 역시 재앙이 내 방문을 두드릴 순간만 손 놓고 기다려야 할지도 모른다.

하지만 소각 시 발행하는 유독가스도 두렵기는 마찬가지다. 공기는 이 행성에 사는 인간이 당연한 권리처럼 누려온 기본 생존 요소다. 인간은 질소가 대부분인 공기 중 21%의 산소에 의존해 살아간다. 미세먼지가 내 코털의 방어를 비껴

몸속으로 들어올지 모른다는 합리적 불안감을 웅웅 돌아가는 공기청정기 팬 소리로나마 보상받으려 한다. 그런데 그마저도 보장받지 못한다면, 지금보다 훨씬 더 불편한 마스크로 얼굴을 가리고 다녀야 한다. 소각이냐 매립이냐, 어떤 것이 더 차악일까? 인류는 정말 망한 걸까?

쓰레기를 매립하든 소각하든 재활용하든, 여기서 가장 중요한 것은 정부 차원에서 플라스틱과 비닐 사용에 대한 한발 앞선 규제와 정책 수립, 그리고 기업의 변화라는 생각이 든다. 개인이 아무리 경각심을 가지고 쓰레기를 줄이고 분리수거를 해도 이를 무의미하게 만드는 일들이 더 큰 규모로 일어나기 때문이다. 플라스틱과 금속이 한 몸처럼 딱 붙어 있어 어쩔 수 없이 일반 쓰레기로 버려야 하는 아이의 장난감을 보며, 과포장된 제품을 받아보며 나의 고민과 노력이 쓸모없게 느껴진다.

요즘은 카페의 플라스틱 빨대나 일회용 컵 사용 정책도 눈에 띄게 개선 중이다. 하지만 여전히 플라스틱 사용량은 높다. 플라스틱이라는 재료가 가진 특성 때문일 것이다. 가볍고 내구성이 좋으며 생산비용이 저렴하다는 장점 때문에 플라스틱은 우리 일상으로 쉽게 파고들 수 있었다. 조형과 가공이 용이해 다양한 형태로 제작이 가능해서 과거에는 '신의 선물'이라고까지 불렸다. 플라스틱이라는 재료가 유용하다는 점은 반박의 여지가 없으나 언제까지 지금처럼 사용할 수는 없는 노릇이다.

얼마 전, 국내의 한 김 제조회사가 내용물을 담는 플라스틱 트레이를 없애고 제품을 판매해 연간 약 27톤의 플라스틱을 절감했다는 기사를 접했다. 구매자들은 부피가 작고 쓰레기를 덜 만드는 제품에 긍정적인 반응을 보였고, 회사는 앞으로도 이 포장을 적극 활용해 플라스틱 사용량을 계속 줄여나갈 계획이라고 밝혔다.

이렇듯 변화가 아주 천천히, 그렇지만 꾸준히 일어나고 있다는 사실에 조금은 안심이 된다. 이러한 흐름이 자리를 잡는 동안 개개인이 할 수 있는 일은 결국 덜 쓰고, 덜 버리는 것밖에 없다. 일회용 플라스틱과 비닐 제품은 신중히 쓰고, 만약 여러 번 쓸 수 있는 것으로 대체가 가능하다면 서서히 바꾸는 노력을 기울이면서 말이다.

만약 플라스틱 사용 규제가 강화되어 전에는 쉽게 쓰던 물건을 구하기가 어려워진다거나, 세금이 붙어 물건의 값이 오른다면 우리는 그런 현실을 불편하고 불만족스럽다고 느끼게 될까? 아직 겪어보지 않아서 잘 모르겠지만, 지금보다 조금 불편해져도 괜찮을 것 같다는 생각이 든다. 쓰레기 밭 위에서 사는 것보다, 아이에게 방독면을 씌우고 외출하는 것보다 그게 훨씬 나을 것 같다.

세제도 리필이 되나요?

헬싱키에서 살았을 때 '에코버 Ecover'라는 회사의 세탁 세제와 주방 세제를 사용했다. 이름에도 이미 에코가 들어가 있어 쉽게 짐작하겠지만, 에코버는 친환경 제품임을 대대적으로 내세워 광고하는 독일 세제 브랜드다. 솔직히 '친환경'이라는 점 때문에 이 제품을 선택한 것은 아니다. 슈퍼마켓에 가보면 친환경을 내세우는 제품들이 정말 많다. 단지 이 제품은 당시 내가 살던 동네의 가장 가까운 슈퍼마켓에서 쉽게 구입할 수 있었고, 그중 유일하게 리필refill이 가능했기 때문이다.

여기서 말하는 리필은 리필용 비닐팩에 담긴 제품을 구매할 수 있다는 뜻이 아니다. 그야말로 텅 빈 통에 내용물을 다시 채울 수 있다는 말이다. 물론 아무 가게에서나 리필을 할 수 있는 것은 아니다. 시내에 있는 루오혼유우리Ruohonjuuri 라는 가게에서만 가능했다. Ruoho(루오호, 풀) + n(-ㄴ, ~의) + juuri(유우리, 뿌리), 말 그대로 '풀뿌리'라는 이름의 가게로, 유기농 제품을 비롯해 공정무역 식품, 다회용품 등을 취급하는 가게다.

이 가게에는 유기농, 친환경 제품을 만드는 몇몇 회사의 세탁 세제, 주방 세제, 샴푸 등을 리필할 수 있는 설비가 갖추어져 있었다. 설비라고 하면 거창하게 들리는데, 선반에 각종 세제 및 샴푸가 담긴 통들이 즐비해 있고, 리필을 원하는 제품이 든 통을 찾아 하단부에 달린 수도꼭지를 열고 원하는 만큼 담아갈 수 있도록 만들어놓은 장치다. 펍pub 벽에 설치된 맥주 통을 상상하면 될 것 같다.

쓰던 세제가 다 떨어지면 시내에 있는 루오혼유우리 가게까지 빈 통을 들고 가서 다시 1리터를 꽉 채워 집으로 돌아오곤 했다. 솔직히 이 과정이 조금 번거롭게 느껴지기도 했다. 하지만 리필을 할 수 있다는 사실을 알면서 새 세제를 사자니 그것도 마음이 불편했다. 빈 통을 꽉 채워서 집으로 돌아올 때의 뿌듯함이 기동력이 되었다.

우리나라에도 세제나 샴푸 등을 리필할 수 있는 가게, '알맹상점'이 있다는 소식을 지난해 2020년도에 뉴스 기사를 통해 알게 되었다. 안 그래도 궁금하던 차였다. 한국에 온 지 1년이 넘었고, 그사이 세제를 구매하고 리필용 비닐팩을 구매할 때마다 자연스레 빈 통을 다시 꽉 채워 집으로 돌아가던 그때가 떠올랐다. 지금은 알맹상점 말고도 전국에 세제를 리필할 수 있는 시설을 갖춘 제로웨이스트샵zero waste shop들이 속속 생겨나고 있다고 한다.

어쨌든 이 분야에서 선구자적 역할을 한 알맹상점의 리필 스테이션refill station을 내 눈으로 직접 보고 싶었다. 결국 하루 날을 잡아 서울 망원동을 찾았다. 상점 안은 비닐 랩, 일회용 생리대, 면봉 등 흔한 일회용품을 대체할 만한 다회용 제품들과 환경에 덜 부담을 주는 방식과 재료로 만들어진 제품들이 진열되어 있었다. 그리고 가게 중앙에는 내가 보고 싶어 했던 세제와 샴푸, 로션 등을 리필할 수 있는 리필 스테이션이 있었다.

"선례가 없다 보니 시스템을 만들고 필요한 장비를 찾아서 갖추느라 시간이 드네요."

내가 상점을 방문한 날, 고금숙 대표는 리필 통에 쓰일 최적의 펌프를 찾느라 고심하고 있었다. 이미 여러 차례 시도를 해보았으나 아직 만족할 만한 부품을 찾지 못해 시행착오를 겪고 있는 중이라고 했다. 작은 가게이고 시작한 지 얼마

되지 않아 신경 써야 할 일이 한두 가지가 아니라며 고충을 토로했다. 하지만 다음에 리필 스테이션, 제로웨이스트샵을 차리는 사람들이 어려움을 덜 겪도록 선례를 만드는 것이 알맹상점의 역할 중 하나라고 여기고 있었다.

가게의 리필 스테이션은 인기가 많다. 자신이 원하는 양을 직접 채워 갈 수 있다는 점, 생활 쓰레기를 줄일 수 있다는 점이 혼자 사는 젊은 사람들에게는 장점으로 여겨지는 까닭이다. 리필제품을 구매하려면 손님들이 번거로움을 감수해야 한다. 그렇기 때문에 서비스를 받는 데 익숙한 나이든 세대보다는, 이를 재미있고 뜻깊은 경험이라고 여기며 기꺼이 직접 하기를 마다하지 않는 젊은 세대에게서 공감을 얻기가 더 쉽다는 게 고금숙 대표의 생각이다. 그게 일회성 방문이든 정기적 방문이든 변화에 유연한 20, 30대 젊은 사람들 사이에서 주목을 받는다는 것은 긍정적인 신호다. 경험 소비와 가치 소비를 중시하는 그들이 앞으로 구매력을 가진 소비 주도층이 될 것이기 때문이다.

쓰레기에 대한 사람들의 거부감이 날로 높아져가고 있음을 느낄 수 있다. 공산품은 보통 소비자의 손에서 폐기된다. 과자를 먹어도, 로션을 하나 사도 포장을 뜯고 내용물을 다 소비하고 나면 용기나 포장지 혹은 물건 자체를 쓰레기통에 집어넣는 것은 온전히 소비자의 몫으로 남는다. 그러면 소비자는 마치 자기 손으로 이 많은 쓰레기를 다 만들어낸 것만 같은 죄책감을 느낀다. '너무하다' 싶을 정도의 과포장과 그 뒤에 고스란히 떠안게 되는 쓰레기 분리배출의 어려움을 반복적으로 겪다 보니 사람들은 복잡한 포장에 자연스레 거부감을 갖는다. 리필 스테이션은 그런 의미에서 커다란 만족감과 뿌듯함을 안겨준다. 내 손으로 직접 버려야 하는 플라스틱 통이 하나 줄어드는 것은 생각보다 큰 기쁨이다.

최근 대기업이 운영하는 마트에서도 세제 리필을 시작했다는 소식이 들려온다. 자본과 홍보력을 가지고 있는 대기업에서 리필 사업을 시작했다는 사실은 매우 고무적이다. 이를 계기로 많은 사람들이 리필의 장점을 알게 되어 일상에 자연스럽게 녹아들 수 있었으면, 그래서 누구나 걸어서 쉽게 닿을 수 있는 곳에 리필할 수 있는 가게가 많아졌으면 좋겠다. 그럼 빈 통을 가득 채워 오며 일상의 소소한 만족감을 느낄 수 있지 않을까.

아파
보아
알지

우리 식구와 가깝게 지내는 연우 씨는 네덜란드 암스테르담에서 출산을 했다. 아이는 출생 직후부터 기저귀를 뗄 때까지 천 기저귀를 사용했다고 한다. 지금 생각하면 도대체 어떻게 그렇게 할 수 있었는지 연우 씨 스스로도 놀랍다고 한다. 이건 정말 대단한 거다.

　나도 흉내는 내봤다. 핀란드 복지국은 출산을 앞둔 산모에게 각종 아기 옷, 아기 샴푸, 체온계, 손톱 가위, 수유 패드 등 출산 직후 및 육아에 필요한 다양한 물건들이 들어 있는 '모성 상자Äityspakkaus'를 보내준다. 내 앞으로 배달된 상자 안에 들어 있던 천 기저귀를 보고 '아, 다들 이거 쓰나 보다. 나도 해봐야지' 하고 막연히 생각했다. 하지만 아이가 태어난 뒤 몇 번 사용해보고 이틀 만에 포기했다.

출산 직후에는 아무리 옆에서 도와주는 사람이 있어도 제 몸 하나 감당하기 힘들다. 곧추 펴지지 않는 허리를 세우고 부들거리는 다리로 겨우 일어나면 천 기저귀 세탁은 고사하고 일회용 기저귀 하나 갈아주기도 버겁다. 당연히 할 수 있을 줄 알았는데 그러지 못해 못내 서운했지만 그것도 잠시뿐, 내가 살아야 아이도 사니 포기는 빨랐다.

연우 씨 말에 따르면 네덜란드 정부는 아이가 막 태어난 가정에 산후조리사를 보내준다고 한다. 당시 연우 씨네 가정을 방문한 산후조리사는 아이의 천 기저귀를 매번 열심히 세탁해 쓰는 부부를 보고 이렇게 말했다고 한다.

"그거 다 소용없어요. 그걸 매일 세탁하는 데에 쓰이는 물을 한번 생각해봐요. 그것도 물 낭비예요. 차라리 환경 문제에 관심이 많고, 그와 관련한 제도를 만들 수 있는 정치인을 뽑는 게 훨씬 효과적이에요."

부부는 당시 그냥 웃어넘겼다고 하는데, 지금에 와서는 소신대로 대답하지 않은 것이 후회스럽다고 했다.

기저귀를 매번 세탁하는 데에는 적지 않은 물이 사용되

는 게 사실이다. 세제도 당연히 쓰인다. 하지만 일회용 플라스틱 기저귀가 가진 문제점은 썩지 않는다는 데에 있다. 즉 내가 미생물의 밥이 되는 그 순간에도 수십 년 전에 사용한 그 기저귀는 그날, 그 시간의 기억을 고스란히 간직한 채 똬리를 틀고 있을 것이다.

앞서 산후조리사 분이 천 기저귀 세탁에 왜 그렇게 회의적인 반응을 내비치셨는지는 충분히 이해가 된다. 지금 이 순간에도 산업 현장에서, 공장에서 우리의 부단한 노력을 한순간에 물거품으로 만들어버릴 만큼 거대한 규모의 오염과 훼손이 일어나고 있기 때문이다. 문제가 지속되지 않도록 제도와 법이 뒷받침해주지 않는 이상 개개인의 노력만으로는 변화를 이끌어내는 데에 분명 한계가 있다.

어쩌면 그분도 과거에 문제를 개선해보기 위해 적지 않은 시간 동안 고민하고 노력해보았지만, 그 시간과 에너지가 쓸모없는 것처럼 느껴지는 어떤 계기가 있었던 것은 아닐까 조심스레 짐작해본다. 하지만 환경 문제 개선에 뜻있는 정치인이 당선되고 제도가 만들어져 실행으로 이어지기까지는 꽤 오랜 시간이 걸린다. 그때까지 아무것도 안 하고 강 건너 불구경만 하고 있을 수는 없지 않은가. 이런 상황에서 개개인의 노력이 아주 소용없는 짓은 아닌 듯하다.

나는 5년 전부터 천 생리대를 사용하고 있다. 솔직하게 말해서 환경을 생각해서 시작한 행동은 아니었다. 몸이 아팠다. 20년 가까이 일회용 생리대를 별 문제 없이 잘 사용해오다가 왜 갑자기 탈이 났는지는 모르겠지만, 몸의 거부 반응은 매우 뚜렷했다. 증상을 무시하고 일회용 제품을 계속 사용할 수 없는 지경에 이르렀다. 잠을 자기 어려웠고, 일상생활에 적지 않은 지장이 있었다. 웬만해서는 만사가 귀찮아 잘 움직이지 않는 내가 문제를 해결해보겠다고 이것저것 알아보기 시작했다.

천 생리대의 효과에 관해서는 여기저기서 들어 조금은 알고 있었다. 매달 심각한 수준의 생리통을 겪는 사람들이 일회용 생리대를 천 생리대로 바꾸고, 음식물을 담아두는 용기를 플라스틱에서 유리 용기로 바꾸고 나서 몇 달 만에 상태가 호전되었다는 이야기는 간간히 주워들었다. 물론 그때까지만 해도 그건 남 얘기일 뿐이었다. 생리를 하는 것만으로도 귀찮은데 더 귀찮은 일을 만들고 싶은 생각은 조금도 없었다. 그렇지만 몸이 아프고 나자 시도해보는 것 말고는 다른 뾰족한 대안이 없었다. 혹시나 하는 심정으로 천 생리대로 바꾸어보았다. 그러자 다행히도 나를 괴롭히던 증상은 감쪽같이 사라졌다. 술도 담배도 몸이 아파야 비로소 끊는다더니, 나도 몸이 아프고 나서야 재사용이 가능한 제품으로 바꿨다는 점이 씁쓸하긴 하다. 역시 사람은 물이 제 턱 밑까지 찰랑찰랑 차올라야 위기의식을 느끼나 보다.

사실 천 생리대를 관리하는 것은 여간 귀찮은 일이 아니다. 휴지 뽑아 쓰듯 쓰고 손쉽게 버리다가 그럴 수가 없어지니 꽤나 힘들었다. 하지만 시간이 지나 일이 손에 익자 한결 수월해졌다. 무엇이든 처음이 힘들 뿐 그다음은 쉬웠고, 또 그다음은 조금 더 쉬웠다. 귀찮은 일이지 어려운 일은 아니었다. 게다가 몸이 더 이상 불편하지 않다는 사실이 너무나 만족스러웠다.

문득 지난 5년 동안 내가 버리지 않은 일회용 플라스틱 생리대의 개수가 궁금해졌다. 곰곰이 따져보니 생각보다 그 양이 어마어마했다. 내 의지와 상관없이 맡은 바 임무를 정기적으로 해내는 얄미울 만큼 부지런한 내장기관 때문에 한 달에 소비하는 생리대만 쉽게 20개를 넘기곤 했다. 그렇다면 한 해에 250개 가까이 쓰고 버려왔다는 계산이 나온다. 처음에 천 생리대를 구매했을 때 예상보다 높은 가격에 깜짝 놀랐는데, 이 계산대로라면 이미 본전은 찾고도 남은 셈이다.

'왜 진작 바꾸지 않았을까? 몸이 아프지 않았다면 난 여전히 일회용품을 쓰고 있었을까?'

처음에는 단지 나 살자고 시작했을 뿐인데, 지금은 마치 환경을 생각해서 하는 행동처럼 스스로를 대견하게 여기는 내 모습이 가소롭기도 하다. 그럼에도 이 정도 노력이면 조금은 뿌듯한 마음을 가져도 되지 않을까 하고 소심하게 되물어본다.

즐거움이 '반짝' 떠오르나요?

몇 해 전, 넷플릭스에서 집 정리를 도와주는 마리 콘도 Marie Kondo의 쇼 프로그램을 시청했다. 일본에서 정리 정돈 전문가로 활발히 활동해온 마리 콘도는 그 인기에 힘입어 미국으로 건너가 현지 사람들의 집 정리를 도와주는 쇼를 만들었다. 의뢰인들은 마치 물건과 영혼의 대화를 나누는 듯한 신비로운 분위기의 동양인을 매우 흥미로워하는 듯 보였다. 물건을 과감히 버리며 비움을 통해 행복을 추구하는 행위에서 동양의 철학이나 사상을 찾는 듯도 했다.

물건에 둘러싸인 채 살아가는 현대인에게 소유의 의미를 되짚어볼 수 있는 기회를 제공한다는 점에서 쇼는 인기를 끌었고, 그녀 역시 꽤 이름을 알렸다. 나 또한 이 쇼를 통해 내가 갖고 있는 물건들을 돌아볼 수 있는 시간을 가졌다.

마리 콘도는 매 에피소드마다 사람들에게 집 정리하는 방법을 알려주며, 그 핵심이 물건과의 교감으로부터 즐거움 joy을 느끼는 것임을 강조했다. 예를 들어 물건을 정리할 때 '이 물건이 나에게 즐거움을 주는가?', '이 물건을 떠올리면 긍정적인 감정을 느끼는가?'를 생각해보고, 그렇지 않다면 과감히 버릴 수 있어야 한다는 것이다. 이 방법은 특히 많은 양의 물건을 정리할 때 효과적이라면서 그녀는 이 비움을 의뢰인들에게 과제처럼 남겨주었다.

그 과정을 통해 선택받은 물건들은 비록 그 수가 적을지라도 행복한 생활을 꾸려나가는 데 결코 지장이 없으며, 오히려 정리된 공간에서 더 큰 만족을 얻을 수 있을 거라고 그녀는 말한다. 구구절절 맞는 말이다. 적은 양의 물건을 신중히 구매해 소유하며 내 소유물과 유대 관계를 쌓는 것이 물건을 아끼고 오랫동안 사용할 수 있는 현명한 방법일 테니까 말이다.

한참 뒤 마리 콘도가 자신의 이름을 내건 제품을 판매하는 온라인 쇼핑몰을 열었다는 소식을 접했다. 버리라고, 비우라고 말하던 사람이 물건을 판매하는 쇼핑몰을 운영하다니, 나는 정체 모를 배신감에 휩싸였다. 하지만 섣부른 판단은 금물이다. 어떤 물건들을 취급하고 있는지 쇼핑몰 홈페이지에 들어가 살펴봤다.

쇼핑몰에서는 콘마리Konmari(마리 콘도의 별명) 스타일의 제품을 판매하고 있었다. 정리 정돈을 위한 수납함과 바구니가 가장 먼저 눈에 들어왔다. 금속, 직물, 목재, 가죽 등 여러 가지 재료로 만든 다양한 형태와 크기의 제품들, 그리고 그녀가 쓴 정리 정돈에 관한 책들도 있었다. 하지만 그녀의 이름이 새겨진 티셔츠를 보는 순간 내가 공감하고 있던 부분마저 부정당한 기분이었다.

그녀는 자신이 추구해온 것이 엄밀히 말하면 미니멀리즘은 아니라고 강조한다. 그녀의 목표와 방향이 내가 추구하는 것과 일치하지 않는다는 것은 쇼를 감상하며 어렴풋이 느끼기는 했다. 하지만 비우기 위해서, 그리고 기쁨을 느낄 수 있는 물건을 찾기 위해서 그녀의 이름이 새겨진 물건들이 있어야 한다고, 이렇게 비우는 것 역시 지나가는 하나의 유행일 뿐이라고 말하는 것 같아 마음이 불편했다.

물론 물건은 필요하면 사야 하고, 이용해야 하고, 활용해야 한다. 정리 정돈을 위해서는 때로 괜찮은 수납함이 필요하다. 따지고 보면 마리 콘도가 물건을 판매하는 것에 내가 배신감과 실망감을 느낄 필요는 없다. 애초에 효율적이고 효과적인 정리를 위해 물건을 골라내는 법을 가르쳐준 것이지, 적게 소유해야 한다고 말한 것은 아니니까 말이다.

내 실망감의 원천은 그녀를 향한 기대감이었던 것 같다. 길거리, TV, 인터넷, 소셜미디어 할 것 없이 제품을 판매하는 광고에 24시간 노출된 우리에게, 전 세계적으로 수많은 사용자를 거느리고 있는 온라인 플랫폼에 등장해 "기쁨을 주는 물건만 소유한다면 그 수가 적을지라도 행복을 찾을 수 있다"는 조용하지만 강력한 메시지를 던지는 그녀에게서 나 또한 힘을 얻었다. 과생산과 과소비에 의문과 불안을 느끼고 있던 내게 그런 불편함을 당연하다고, 그래도 괜찮다고 공감해주는 것 같아 든든했다. 어쩌면 애초에 그녀가 하고자 했던 말은 그게 아니었는데, 내가 나 좋을 대로 해석한 것인지도 모르겠다.

물론 부정적인 면만 있는 것은 결코 아니다. 그녀의 쇼를 보고 소비 습관을 고치고 효과적인 정리 정돈 방법을 터득한 사람들도 분명 있을 것이다. 나 역시 물건을 정리할 때면 여전히 그녀의 유행어를 떠올리니까 말이다.

"Does it spark joy?"(즐거움이 반짝 하고 떠오르나요?)

미니멀 맥시멀리즘

"미니멀 감성이 돋보이는 모던 스타일 인테리어."

"미니멀 감성을 담은 감각적 디자인."

"심플한 미니멀 감성의 매력을 느껴보세요."

요즘 '미니멀 감성'이라는 말이 종종 눈에 띈다. 한 사회를 구성하는 집단이 공유하는 문화는 시대의 흐름에 따라 끊임없이 변화하는데, 이는 언어의 변화 역시 초래한다. 거부감을 야기하기도 하는 이러한 현상은 어느 나라에서나 일어나는 일이고, 어느 시대에나 있어왔던 자연스러운 현상이다.

그중에는 부연 설명이 없으면 도통 알아들을 수 없는 줄임말이나, 특정 사회집단을 혐오하는 신조어도 있는데, '미니멀 감성'이 딱히 신조 유행어에 속하는 것 같지는 않다. 신조어라기에는 뭔가 창의력이 부족해 보이고, 유행어라기에는 힘이 부족하다. '비비드한 컬러'나 '꾸뛰르적인 디테일'과 같은 일명 보그체와 그 결을 같이하는 듯도 하지만, 왠지 이 정도면 애교라는 생각도 든다. 그 뜻을 알 듯 모를 듯, 설명할 수 있을 듯 없을 듯한 낯간지러운 느낌이 들기도 한다.

'미니멀 감성'이라니… 나는 쓰지 않을 것 같은 표현이지만 대충은 그 뜻을 이해할 수 있다. 보통 카페나 상점과 같은 공간 인테리어를 설명할 때, 가정집 가구나 가전제품의 배치와 정리 정돈의 방식 등을 묘사할 때 이 표현이 자주 등장한다. 또한 장식은 최대한 배제한 간결한 외형의 의류나 신발, 가방, 액세서리 등을 묘사하고, 최첨단 기능을 갖고 있으면서도 단순한 외형으로 만들어진 고급 전자제품을 설명할 때도 쓰이는 것을 보았다.

미니멀리즘은 제2차 세계대전 이후 급속도로 발전을 이룬 대도시에서 공통적으로 나타난 현상으로, 필요한 요소만 남기고 나머지는 털어내 사물의 본질에 더 가깝게 다가가고자 하는 사상이다. 1960~1970년대에 미국을 중심으로 문학, 건축, 음악, 미술 등 다양한 분야에 걸쳐 미니멀리즘은 각광을 받았다. 그러다가 시간이 지나면서 군더더기라고 생각되는 것을 모두 제거하고 극도로 최소한의 뼈대만 남기는 바람에, 보는 이들이 그 의미를 고민하고 추측하는 데에 큰 어려움을 느끼기도 했다.

요즘 사람들이 미니멀리즘을 추구하는 것은 소유한 물건의 수에 질려서 생겨난 반작용 현상인지도 모른다. 그 어느 때보다 풍족한 시대를 살고 있다 보니 사람들이 소유한 물건이 많은 것은 너무나 당연하다. 도대체 저 많은 물건들은 어디서 와서 어디로 가는지 궁금할 따름이다.

나만 해도 집 안을 둘러보면 가득 쌓인 물건들 때문에 한숨이 나올 때가 많다. 멍하니 바라볼 수 있는 빈 공간이 있으면 좋을 텐데, 그런 여유 따위는 용납할 수 없다는 듯 빽빽이 들어찬 물건들이 죄다 소음처럼 느껴질 때가 있다. 정리에 소질이 있는 것은 아니지만, 아이의 물건이 더해지면서 집 정리를 향한 의지는 안드로메다로 날아가버리고 말았다.

"집이 좁아서 그래!"

물론 이렇게 생각할 수도 있다. 하지만 정말 신기하게도 큰 집으로, 더 큰 집으로 이사하면 그만큼 물건이 증식할 게 눈에 빤히 보인다.

요즘 말하는 미니멀리즘을 따라가기 위해서는 고가의 재료로 만든 최신식 물건들을 갖춰야만 할 것 같은 기분이 들기도 한다. 현대의 '미니멀 감성'을 충족시키는 외형을 가진 가구나 의류, 전자제품이 따로 존재하는 것만 같다. 비움을 통해 미니멀리즘을 추구하는 것이 아니라 해당 제품을 구매함으로써 또 다른 스타일을 소비한다는 느낌을 지우기 어렵다. 다음 유행이 오면 또다시 바뀔 그런 것 말이다.

그런 점에서 휴대폰은 현대의 미니멀 감성을 향한 욕구가 가장 잘 반영된 물건인 것 같다. 휴대폰의 외형은 정말 단순해졌다. 화면이 켜지지 않는 이상 자판도 보이지 않는다. 하지만 비밀번호를 누르는 순간 수십 가지의 기능을 마음대로 사용할 수 있다.

주머니에 덜렁 넣어 다니기에 사실상 매우 고가인 휴대폰은 이제 현대인의 필수품이 되었지만, 현대인인 나는 이 기계를 제대로 사용할 줄 모른다. 기계가 지닌 잠재력이 100이라면 나는 20도 채 쓰지 않는 것 같다. 나에겐 과분한 기계다. 기능은 점점 더 많아지는데 내가 사용하는 것은 기껏해야 문자, 전화, 사진, 검색, 결제, 음악, 네비게이션 정도다. 이렇다 할 복잡한 기능을 사용한다거나, 지식 향상이나 건강 증진에 도움이 되는 유익한 어플리케이션을 사용한다거나, 시리^{Siri}에게 말을 거는 일은 없다. 아직 휴대폰과 대화를 나누기는 어색하다. 분명한 사실은 지금도 이렇게 제대로 활용하지 못하면서 몇 년 뒤에 애꿎은 해상도나 용량을 들먹이며 교체할 것이라는 점이다.

이렇게 다양한 기능을 하나의 기기에 압축시켜놓은 휴대폰을 보며 실제로 내가 소유한 물건의 총량이 줄었는지 생각해보면, 그렇지 않다. 화면을 꽉꽉 채운 수십 개의 유용한 어플리케이션이 마치 내 책상 위를, 내 서랍 속을, 내 거실을 정리해주었을 것 같지만 아니라는 점이 재미있다. 가방에 넣어 가지고 다니는 물건의 수는 확실히 줄어들었지만, 쇼핑이 한결 쉬워진 탓에 물건은 더 늘어났다.

게다가 휴대폰을 사용하면서 필요한 부속품도 한두 가지가 아니다. 충전기, 거치대, 이어폰, 출처 모를 케이블들이 집 안에서 가지는 존재감은 작지 않다. 물건을 하나 구입하면 거기서 끝나는 것이 아니고 "자! 이제 시작이야" 하면서 그 뒤에 줄줄이 다른 것들이 딸려 오는 기분이다. 로션을 사면 계획에도 없던 에센스와 클렌저가 따라오고, 바지를 사면 그에 어울리는 셔츠와 신발이 필요하다고 느끼는 것처럼 말이다. 결국 우리가 실제로 좇는 것은 미니멀리즘을 흉내 내는 맥시멀리즘maximalism은 아닐까?

그냥 적당히 살지

헨리 데이비드 소로Henry David Thoreau가 쓴 《월든》(강승영 옮김, 은행나무, 2011)에서 미니멀리즘을 간접 체험할 수 있다. 그는 자연과 인간 본성의 근본적 선함을 믿는 자연주의자naturalist이자 초월주의자transcendentalist로, 엄밀히 말하면 미니멀리스트minimalist는 아니라고 한다. 하지만 그가 월든 호숫가에서 보여준 모습은 사람이 얼마만큼 비우고 살 수 있는지를 보여주는 미니멀리즘의 정수 같다.

처음 《월든》을 읽었을 때 마치 판타지 소설 속 수

도승이 속세의 미련을 모두 버리고 홀로 숲속으로 들어가 살면서 남긴 괴팍하고 고독한 일기를 훔쳐보는 기분이었다. 그는 그 어떤 외부의 유혹과 내면의 욕망에 흔들리지 않고 자신이 이루고자 하는 바를 한 치의 주저함이나 의심 없이 추진하는데, 그게 꼭 가상의 인물 같다는 생각이 들 만큼 비현실적이었다.

소로는 1845년부터 2년 동안 미국 매사추세츠주에 위치한 월든 호숫가에 자리를 잡고 살기 시작하며 일상을 기록으로 남겼다. 가진 것 없이 맨몸으로 땅을 파고 흙과 나무를 이용해 직접 살 집을 지었다. 그리고 혼자 가꿀 수 있을 만한 크기의 텃밭을 일구며 농작물을 재배해 먹었다. 잉여 농작물을 팔거나 주변 이웃의 잡일을 도와가며 품삯을 벌어 필요한 최소한의 음식과 생활용품을 마련하며 살아갔다.

그는 쇠 못 하나, 나무판자 하나, 옷 한 벌 등 자기가 만들고 구입하고 사용하고 소유한 물건 하나하나를 모두 기록하며, 인간이 한 몸뚱어리를 보전하는 데 어느 정도의 물건과 재화가 필요한지를 직접 보여주었다. 그리고 스스로 가치를 만들고 존엄성을 지키는 데 노동력이 얼마나 중요한지를 거듭 강조했다. 책상 앞에 앉아 말로만 과한 소비를 지양한다고 주장하는 것이 아니라, 최소한의 것만 가지고 살아가는 법을 몸소 보여주었다.

또 그는 사람이 재화와 욕망에 굴복하는 것을 죄악이라 여겼는데, 그 기준에서 벗어난 사람들에게 냉정한 비난을 퍼부은 뒤에 잔뜩 비꼬는 것도 주저하지 않았다. 그렇다고 그가 피도 눈물도 없고, 이성적인 사고밖에 할 줄 모르는 냉혈한이었던 건 아니다. 그는 자연을 그 무엇보다도 따뜻한 눈으로 바라보고, 자연이 제공하는 모든 것에 감사할 줄 알았으며, 주변 마을 이웃들과도 거리낌 없이 교류하는 모습을 보여주었다.

솔직히 이 책을 읽으며 '그냥 적당히 살지 왜 저렇게 힘들게 살까?' 하고 생각할 정도로 그의 하루하루가 내게는 고행처럼 느껴졌다. 물론 소로는 그 과정이 얼마나 즐거운지, 매일매일이 얼마나 뜻깊은지 책 전반에 걸쳐 설명하고 있지만, 나로선 그가 자처한 생활의 의도를 완벽히 이해할 수 없기에 고생을 하고 있다는 생각이 지배적이었다. 예나 지금이나 명문인 하버드대학을 졸업했으니 뭇 사람들의 선망을 받으며 남부럽지 않은 직업을 찾아 적당히 떵떵거리며 살 수도 있었을 테니까 말이다.

그는 마치 그 모든 것들이 가치 없다는 듯 자기 발로 숲으로 걸어 들어가 자기 의도대로 살아냈다. 이런 괴짜 같은 모습을 보고 누군가는 어리석다고 생각할 수도 있다. 그의 행동과 사고가 인상적인 것은 사실이지만 나 역시 그와 같은 방식으로 산다는 것은 상상할 수조차 없다. 소로가 살던 시대는 막 증기기관차가 굉음을 내며 산과 들을 내달리기 시작한 때였으니, 21세기를 살아가는 우리가 공감하기에는 분명 어려운 점이 있다. 하지만 그의 저항 정신은 시대를 뛰어넘는 통찰을 우리에게 던져준다.

"오늘 모든 사람들이 진리라고 받아들이고 묵과한 것이 내일에는 거짓으로 판명될지도 모른다. 들에 단비를 내려줄 구름으로 믿었던 것이 한갓 견해라는 이름의 연기에 지나지 않는 것으로 드러나듯 말이다."(《월든》, 17쪽)

"대학을 졸업할 무렵 나는 내가 재학 중에 항해학 과목을 수강한 일이 있다는 것을 듣고는 깜짝 놀랐다. 차라리 내가 배 한 척을 직접 몰고 항구 밖으로 단 한 번만이라도 나갔더라면 항해술에 대해 훨씬 많은 것을 배웠으리라. 가난한 학생들까지도 정치경제학만 공부하고 강의받고 있을 뿐, 철학과 동의어 관계에 있는 생활의 경제학은 대학에서 진지하게 가르치지 않고 있다. 그 결과, 애덤 스미스와 리카도와 세의 경제학 서적을 읽고 있는 동안 그 학생은 자기 아버지를 헤어날 수 없는 빚구덩이에 몰아넣고 마는 것이다."(《월든》, 76쪽)

"내가 숲속으로 들어간 것은 인생을 의도적으로 살아보

기 위해서였다. 다시 말해서 인생의 본질적인 사실들만을 직면해보려는 것이었으며, 인생이 가르치는 바를 내가 배울 수 있는지 알아보고자 했던 것이며, 그리하여 마침내 죽음을 맞이했을 때 내가 헛된 삶을 살았구나 하고 깨닫는 일이 없도록 하기 위해서였다." 《월든》, 129쪽)

카레엔 고기, 거실엔 소파

애플Apple을 설립한 스티브 잡스Steve Jobs는 집에 세간살이를 거의 두지 않고 살았다고 한다. 잠을 잘 수 있는 매트리스와 탁자, 서랍장이 그가 가진 가구의 전부였다. 나도 그가 빈 거실에 놓인 커다란 스탠딩 조명 아래에 앉아 바닥에 놓인 턴테이블과 LP판 앞에서 카메라 렌즈를 응시하는 사진을 본 적이 있다. 그 사진은 강렬했다. 이제 막 이사를 온 듯한(혹은 막 이삿짐을 뺀 듯한) 그의 거실에는 세계인이 열광하는 하이테크 제품 회사의 수장이 사는 곳이라 할 만한 단서가 없었다. 아니,

일반 사람이 거주하는 집이라 해도 의심스러울 만큼 텅 비어 있었다.

혁신적인 제품을 세상에 내놓는 사람의 집에는 왠지 최고급 가구와 카펫, 최첨단 오디오 시스템과 TV, 경매에서 고가로 거래되기 시작한 신진 작가의 예술작품 같은 것들이 있을 것만 같다. 적어도 거실에 널찍한 소파 정도는 있을 거라 생각했다. 그러나 그는 무언가를, 특히 부피가 큰 가구를 사들이는 데에 믿을 수 없을 만큼 신중하고 예민했다. 부인과 살게 되었을 때에도 소파를 구입하는 문제로 8년 넘게 옥신각신했을 정도다. 그의 질문은 "그래서 소파의 목적은 무엇인가?"로 항상 귀결되었다고 한다.

그러게 말이다. 소파의 목적은 무엇일까? 소파는 편하게 기대어 앉을 수 있는 가구로, 그 푹신함에 몸을 맡길 수도 있고 타인과 나란히 앉아 대화를 나눌 수도 있다.

우리나라에서는 소파와 관련한 매우 재미있는 현상을 볼 수 있다. 어떤 집을 가도 거실에 버젓이 소파가 있지만, 적지 않은 사람들이 바닥에 앉아 소파를 등받이로 사용하곤 한다. 이는 아마도 옛날부터 따뜻한 온돌 바닥을 하나의 가구로 사용해왔기 때문일 것이다.

내가 어릴 적 살던 집은 서양식인 입식이었지만 꽤 오랫동안 식탁을 사용하지 않았다. 엄마는 항상 커다란 상 위에 밥을 차리셨고, 식사 시간이 되면 그 상을 거실이나 할아버지가 계신 안방으로 옮겼다. 그러고는 다들 바닥에 앉아 밥을 먹었다. 바닥이 따뜻하면 침대도 되고, 의자도 된다. 앞에 놓인 상 위에 밥그릇이 있으면 그 공간은 밥을 먹는 곳이 되고, 책이 있으면 공부를 하는 곳이 되었다.

지금 우리 식구가 사는 집에도 소파는 있다. 사람 둘이 앉을 수 있는 작고 딱딱한 파란색 소파다. 헬싱키의 한 중고 가게에서 산 이 소파는 그 특이한 색상으로 나를 단숨에 홀렸다. 정확한 제작 연도는 기억나지 않지만 1970년대에 만들어진 소파의 골조는 그대로 두고 가게 주인이 감각적인 파란색 천을 위에 덧씌운 결과물이다. 단순하고 정돈된 소파의 외형은 마음에 들지만, 딱딱하고 좁다는 게 단점이다.

그럼에도 불구하고 '거실엔 소파지' 하는 생각에, 당시 '소파는 사지 말아야겠다'는 선택지는 애당초 내 머릿속에 존재하지 않았다. 관성 같은 것이라고나 할까? 거실엔 소파, 카레엔 고기, 30대엔 결혼처럼 말이다.

미국의 펜실베이니아주에 모여 사는 퀘이커Quakers 신도들은 마을을 구성하고 살며 그들만의 금욕적 생활방식을 지켜나간다. 그 종교에 대해서는 아는 바가 없지만, 그 간결함과 간소함 때문에 그들의 가구와 생활 소품은 디자인 서적에 심심치 않게 등장한다. 소박하고 단순한 삶을 지향하기 때문에 사용하지 않는 가구는 벽에 걸어두고 필요할 때 바닥에 내려 사용하는데, 벽에 걸린 의자와 탁자의 이미지가 인상 깊어 학교 도서관에서 이들의 생활상을 담은 책을 자주 빌려 봤다.

퀘이커와 우리나라, 두 개의 전혀 다른 문화권에서도 공간 활용에 있어 공통분모를 발견할 수 있다. 옛 한옥을 재현한 사진에서 주방 벽에 당장 쓰지 않는 소반이나 소쿠리를 걸어둔 것을 보았다. 또 잘 준비를 할 때 요를 꺼내어 펼치고 아침이면 개어서 구석에 쌓아두거나 장롱에 넣어두기도 한다. 나도 어릴 적에 요를 깔고 잤다. 아침이 되어 요와 이불을 모두 정리하고 나면 낮 시간 동안 그 방에서는 온갖 일들이 벌어진다. 책을 세워 도미노를 만들고, 소반을 펼쳐 색칠공부를 하기도 하고, 장롱 안 이불 더미 위에서 바닥으로 뛰어내리며 놀기도 했다. 그러다 어두워지면 그 방은 다시금 '자는 방'이 되었다.

그 간소함과 공간 활용이 문득 간절해질 때가 있다. 벽을 따라 자리 잡은 무거운 가구들 사이사이 물건을 채워 넣고 나면, 남는 빈 공간을 찾아 발을 딛고 걷는 기분이 들 때가 있다. 아무리 내가 공간이 부족하다, 물건이 너무 많다 투덜대며 눈치를 줘도 고집 센 소파는 그 자리에서 움직일 줄을 모른다. '거실에 소파를 안 두면 뭘 둘 건데?' 하고 얄밉게 묻는 듯하다.

책상겸식탁겸탁자

첫 책《핀란드 사람들은 왜 중고가게에 갈까?》를 쓴 후 이런저런 매체를 통해 사람들의 감상을 접할 수 있었다. 나와 비슷한 고민과 생각을 가지고 사는 사람들을 확인할 때마다 기분이 정말 좋았다. 얼굴도 모르고 만난 적도 없지만 연대감을 느꼈다.

하루는 유튜브 영상에 누군가가 내 책을 언급했다는 소식을 듣고 궁금해서 찾아보았다. 〈단순한 진심〉이라는 계정에 올라와 있는 '비건vegan 옷을 찾고 있나요? 환경에 도움이 되는 옷에 대하여'라는 제목의 영상이었다. 이 영상에서 계정의 두 주인인 하윤(수수) 씨와 현우 씨는 책에 쓰인 마지막 문장, '흰 캔버스 천으로 만든 가방이 에코백이 아니고, 우리가 가지고 있는 가방을 오래도록 쓰는 것이야말로 에코백임을 잊지 말아야 한다'를 인용하며 옷을 구입하지 않고 주변으로부터 나눔을 받은 경험을 공유했다.

이 계정에는 두 사람이 비우고 사는 모습, 그리고 그 과정에서 든 생각과 의견을 담은 영상들이 올라와 있었다. 호기심에 다른 영상들도 모두 감상했다. 젊은 두 사람의 삶이 참으로 인상적이었다. 이들은 무한 경쟁이 매분 매초 벌어지는 복잡한 도시가 자신들과 맞지 않는다는 것을 깨닫고, 사람이 드문 강원도 동해시의 느린 동네에 정착해 본인들의 속도와 가치관대로 살고 있었다.

집은 이 두 사람이 어떻게 살고 싶은지에 대해 얼마나 진지하게 고민해왔는지를 가장 잘 보여주었다. 처음 동해시로 이사를 결정하고 살기 시작한 집은 주택이었고, 그다음으로 선택한 집은 그 주택보다 훨씬 작은 8평 원룸이었다. 전에 살던 집보다 좁은 곳으로 이사를 결정하며 없어도 괜찮은 물건들을 과감히 없앴다. 심지어 침대와 책도 말이다. 붙박이장 안에는 아침마다 접어서 수납할 수 있는 매트리스가 침대를 대신했다. 소장하고 있던 책의 양이 적지 않았는데, 문득 가지고만 있고 더 이상 펼쳐보지 않는 책들이 많다는 것을 깨달은 뒤 필요한 곳에 모두 기증했단다. 그 덕분에 이제는 읽고 싶은 책이 생기면 도서관에서 빌려 보는 습관이 생겼다고 한다.

두 사람의 공간에서 가장 인상적이었던 물건은 다름 아닌 다용도 탁자였다. 전에 살던 집에서 침대 헤드보드로 썼던 커다란 나무판을 그대로 얹어 탁자로 사용하고 있었다. 그릇을 놓으면 식탁이 되고, 책을 놓으면 책상이 되고, 일을 하면 작업대가 되는 그 탁자는 작은 집에서 중심축을 담당했다. 두 사람이 담소를 나누고, 내일을 의논하고, 하루를 엮어내는 중요한 장소로서 말이다.

문득 두 사람이 궁금해졌다. 책을 핑계로 연락을 했고, 흔쾌히 응답해준 두 사람과 코로나 시대를 맞아 스크린 너머로 인사를 나누었다. 유튜브 영상 특유의 차분하고 친근한 분위기 덕분에 이미 인사를 나눈 사이인 것만 같았다. 책에 대한 전반적인 설명을 시작으로 한참 일상에 관한 이야기를 나누다가 하윤 씨가 물어왔다.

"그런데 저희가 책상 하나를 두고 사는 게 정말 특이해 보이나요? 궁금해요."

내게 그 모습이 특별해 보였던 이유는 보통 우리가 갖고 있는 일반적 선택의 단계를 벗어난 행동이라 여겼기 때문이다. 어떻게 보면 책상을 다용도로 쓰고 있는 것은 많은 자취인들에게 어쩔 수 없는 선택인지 모른다. 컴퓨터 작업을 하다가 책상 앞으로 밥을 가져와 먹으면서 영상을 보고, 또다시 같은 자리에서 일을 하다가 밤늦게까지 영화를 본다거나 하는 행동 말이다. 이는 보통 넓지 않은 자취방이나 스크린을 중심으로 돌아가는 현대인들의 생활상이 만들어낸 자연스러운 현상이기도 하다. 그리고 그 좁은 공간에서 생활하며 대부분은 이런 생각을 할 것이다.

'다음 집은 좀 더 넓었으면 좋겠다.'

그런데 하윤 씨와 현우 씨는 그렇지 않았다. 두 사람은 의논 후 스스로 더 작은 집을 선택했다. 평소 비우고 사는 것에 관심이 많아서 처음 동해로 이사를 하며 많이 덜어냈다고 생각했는데, 그다음 이사를 계획하면서는 조금 더 비워보기로 했다는 것이다. 그렇게 탈탈 비운 집에는 수납공간이 적어 물건을 쌓아놓을 수 없어서 자연스레 소유욕이 일지 않았다고 하윤 씨는 담담히 말했다.

용기. 두 사람의 영상을 접하고 가장 먼저 떠오른 단어다. 두 사람의 행보를 지켜보며 이들이 우려를 가장한 악의 섞인 질문들을 적지 않게 받았을 것 같다는 생각이 들었다. 무리에서 빠져나와 큰 흐름을 거스르고 다르게 살기를 선택하는 데에는 꽤 큰 용기가 필요하다.

나는 할 수 있을까? 남들이 가는 길을 가지 않고, 내가 정말로 원하는 것이 무엇인지 들여다보고, 주위 사람들의 온갖 걱정과 우려 속에서 내 결정에 대해 초조해하지 않을 수 있을까? 하윤 씨와 현우 씨가 일상에서 하나씩 하나씩 시도하고 바꾸어나가는 모습을 보며 존경심이 일었다.

저마다 자기만의 삶의 방식이 있겠지만, 많은 사람들이 비슷한 모습으로 살아간다. 또 비슷한 삶의 모습을 꿈꾼다. 다들 삶의 목표는 다르지만 그것을 성취하는 과정과 방법들은 비슷비슷하다. 스스로를 깎고 다그치고 몰아세우는 것이다. 그 과정에서 고통을 감내하지 못한 사람은 뒤처지거나 원하는 것을 얻지 못하는 것을 마치 당연한 공식처럼 여긴다. 쉽게 패배자를 만드는 분위기 속에서 너도나도 스스로를 책망하는 데 익숙하다. 내가 더 노력하지 않아서, 내가 끈기가 없어서, 내가 제대로 못해서…. 내가 남의 삶이 아닌 나의 삶을 산다면 패배자가 될 일은 없을 텐데 말이다.

개인의 생각을 묻지 않는 사회에서 내가 진정 원하는 것이 무엇인지, 어떻게 살기를 바라는지, 내가 원하는 모습으로 살려면 어떠한 선택을 할 수 있는지 돌아보기란 결코 쉽지 않다. 하루하루가 누구보다 치열하고, 힘에 부치고, 녹초가 되어야만 잘 사는 것이 아니라고, 늘 남들이 하는 만큼은 해야 하는 것은 아니라고, 눈코 뜰 새 없이 바빠야 잘 사는 것은 아니라는 말을 듣고 싶다. 이 두 사람이 그렇게 말해주고 있는 것만 같다.

"여기 좀 보세요. 우리 잘 살고 있어요."

일 년에 두 번, 각각 일주일 동안 헬싱키 시내에는 커다란 노란색 비닐봉지 물결이 인다. 핀란드에서 가장 인기 있는 백화점 체인 스토크만Stockmann의 정기 할인 행사인 '훌룻 빠이밧Hullut päivät'이 열리는 주에 볼 수 있는 광경이다. 영어로 'Crazy days'인 이 행사가 열리는 동안에는 백화점에 진열된 많은 물건들을 할인된 가격에 구매할 수 있다. 딱히 할인 제품을 구매하지 않아도 이 기간에는 모든 구매 물품들을 특별 제작된 노란색 비닐봉지에 담아서 주기 때문에 백화점을 중심으로 시내는 노랗게 물들 수밖에 없다.

행사 시작 몇 주 전, 회원으로 등록된 사람들에게는 카탈로그를 미리 배달해 원하는 물건이 있는지 확인하고 계획을 세울 수 있는 시간을 준다. 가격이 비싸서 평소에는 부담스럽다고 생각한 냄비, 청바지, 조명 등이 할인 품목에 포함되어 있는지, 그래서 얼마나 저렴한 가격에 구매할 수 있는지, 어떤 요일에 해당 제품을 할인하는지 확인할 수 있는 기회인 것이다.

우습게도 이 행사 기간에 군중 심리 같은 게 발동했다. 헬싱키에서 살게 된 지 얼마 안 되었을 때 노란 비닐봉지의 물결을 보고 '저게 도대체 뭐지?' 하고 단순한 호기심이 일었다. 그리고 다음번에 보았을 때는 나도 백화점에 들어가 무언가를 사고 노란 봉지를 손에 들어보고 싶어졌다. 당시 무엇을 구매했는지는 기억이 흐릿하지만, 기어이 노란 봉지를 손에 쥐어봤던 것 같다. 정말 그게 뭐라고 들어보고 싶었을까? 그게 뭐라고 기억나지도 않을 만큼 계획에도 없는 물건을 사면서 나도 남들처럼 해보고 싶었을까?

그러다가 똑같은 할인 행사가 매해 반복적으로 진행되는 것을 지켜보며 어느 때부터 '이게 아닌데…' 하는 생각이 들었다. 백화점이 단지 철 지난 상품을 밀어내고 새 제품을 들여올 공간을 만들기 위한 하나의 수단으로 행사를 여는 것뿐이라는 결론에 닿은 후부터는 흥미가 차갑게 식어버렸다.

물론 나도 이 행사를 통해 필요했던 청소기를 저렴한 가격에 샀다. 하지만 그 한 번을 제외하면 괜스레 카탈로그를 뒤적이다가 필요하다고 생각한 적도 없는 물건을 짚어가며 '이게 필요했던 것 같은데', '이게 있으면 잘 쓸까?' 하며 없는 이유를 억지로 만들어내고 있었다.

블랙 프라이데이Black Friday는 이제 우리에게도 자연스러운 행사가 되었다. 미국의 추수감사절 다음에 오는 금요일이면 유독 사람들의 씀씀이가 커지는 현상이 해마다 나타나자 이를 더 북돋아 매출을 늘리기 위해 의도적으로 만든 행사라고 한다. 일 년의 적자가 단 하루 만에 '흑'자로 돌아설 수 있는 날이라는 뜻에서 그러한 이름이 붙었다는 것을 알고 나니 꽤나 노골적인 이름이라는 생각이 들었다.

블랙 프라이데이와 그 결을 같이하는 박싱 데이Boxing day는 영국에서 시작된 행사로, 크리스마스 바로 다음 날인 12월 26일이다. 처음 그 이름을 들었을 때는 '권투의 날'인 줄 알고 크리스마스와 권투의 상관관계에 대해 혼자서 한참을 궁금해했다. 심지어 영문 표기법까지 똑같으니 착각할 수밖에. 하지만 이는 물건을 상자에 넣어 포장한다는 의미의 박싱boxing이라고 한다. 어려운 이웃에게 선물을 전해주는 날이라는 초기의 의도와는 다르게, 이날도 블랙 프라이데이와 마찬가지로 할인된 가격에 물건을 살 수 있는 대표적인 쇼핑의 날이 되었다.

　미국에서 블랙 프라이데이가 되면 어김없이 등장하는 뉴스 기사가 있다. 전날 밤부터 상점 앞에 줄 서 있는 사람들에 관한 기사다. 실제로 몇몇 인기 브랜드 매장 앞에는 행사 전날부터 줄 선 사람들로 북새통을 이룬다. 개장과 동시에 줄은 무너지고 사람들은 가게 안으로 밀려 들어가 원하는 물건을, 혹은 그냥 손에 잡히는 물건을 차지하기 위해 그야말로 몸을 던진다. 그중 몇몇은 몸싸움 끝에, 혹은 뒤에서 밀려드는 사람들에 깔려 부상을 당해 응급실에 실려 가기도 한다. 세상에서 제일 재미있는 구경이 싸움 구경이라지만, 그런 뉴스를 보고 있자면 분명 재미는 있지만 한편으로는 씁쓸하다.

　정말 그럴 필요가 있었을까? 새벽 추위 속에 화장실에 가고 싶은 것도 꾹꾹 참아가며 자리를 지킬 만큼, 생면부지 타인을 밀치고 할퀴고 머리를 가격할 만큼 꼭 필요한 물건이었을까? 끝끝내 얻은 물건이 간절히 사고 싶었던 물건이 아니고 아무거나 손에 잡히는 물건이었다면 이건 희극일까, 비극일까?

　'품절'과 '할인'은 정말 마법 같은 말이다. 아드레날린과 긴장감, 전에 없던 절박함이 절로 샘솟고, 물건을 갑자기 몇 배로 매력적으로 보이게 만드는 신기한 말이다. 나 역시 품절된 물건이 재입고되거나, 갑자기 할인가에 판매하면 일단 장바구니에 급하게 담고 본다. 하지만 그런 식으로 구입한 물건들은 대부분 실제 내 손에 들어왔을 때 기대만큼 매력적이지 않고, 다짐만큼 오래 쓰지도 않는다. 정말 신기하다. 어째서 그럴까?

"할인하길래 샀어."

마치 '오다 주웠다'처럼 무심하게 들린다. 판단력과 민첩성을 발휘해 코앞에 다가온 기회를 놓치지 않았다는 말처럼 들리기도 하지만, 반대로 할인하지 않았다면 사지 않았을 물건, 없어도 생활하는 데 전혀 지장 없는 물건이라는 말이기도 하다.

"Are you materialistic? Shouldn't we all be?"

(당신은 물질주의자 입니까? 우리 모두 그래야 하지 않을까요?)

최근 꽤나 공격적인 마케팅을 하고 있는 미국의 신발 회사 올버즈Allbirds가 제작한 광고에 등장하는 문구다. 그렇다. 헨리 데이비드 소로처럼 살 수 있는 게 아니라면, 우리는 모두 물질주의자들이다. 인간은 도구를 사용한다. 자연의 재료를 이용해 도구를 만들고, 그 도구를 이용해 생활에 유용하고 필요한 물건들을 만들어왔다. 추위와 더위를 막아주는 옷도, 발을 보호하는 신발도, 밥을 담는 그릇도, 덮고 잘 이불도, 유해 바이러스로부터 몸을 지켜주는 마스크와 소독제도 모두 우리가 만들어낸 물건들이다.

　제조의 역사는 오래되었고, 정보의 축적과 기술의 발달로 우리는 그 어느 때보다도 물질이 풍족한 시대를 살고 있다. 하지만 풍요를 넘어 나를 삼키는 거대한 물건의 파도 속에서 가끔, 아니 꽤나 자주 나는 내 판단력을 놓친다.

　물건의 홍수 속에서 살아가지만 흔들리고 싶지 않다. 갖고 싶은 것이 생기면 잘 만들어진 물건을 신중히 구매해서 오랫동안 잘 쓰고 싶다. 이렇게 '품절 임박'이나 '할인' 같은 외부의 자극에 이리저리 휩쓸리며 더 이상 내 판단력을 잃고 싶지 않다. 현명한 물질주의자이고 싶다.

그냥 내가 할 수 있는 거 하면 돼

대학을 졸업하고 핀란드 유학길에 나설 준비를 하고 있던 무렵, 모르는 사람으로부터 정중한 이메일을 한 통 받았다. 보낸 사람은 자신을 패션 디자이너 박소현이라고 밝혔다. 나의 대학 졸업 작품을 우연히 보고 연락을 하게 되었다면서, 창작을 하는 사람들끼리 교류도 하고 미래에는 재미있는 일도 함께 도모해보고 싶다고 적혀 있었다.

당연하게도 이 뜬금없는 이메일을 보낸 낯선 사람을 향한 경계심이 가장 먼저 들었다. '나를 어떤 종교에

끌어들이려 하는 건 아닐까', '다단계 사업을 하려는 게 아닐까' 하는 합리적 의심 말이다. 하지만 그런 일로 쓴 이메일이라기에는 지나치게 정직해 보였고, 무엇보다도 마침 시간도 있고 호기심도 생겨 긍정의 답장을 보냈다. 오래지 않아 약속이 잡혔다. 약속 장소는 압구정 로데오거리 한복판에 있는 어느 옷가게였다.

나에게 압구정은 낯선 동네다. 마포구 토박이인 나는 지금처럼 동네가 재개발되어 아파트가 시야를 가로막기 전에 집에서 내다보면 초, 중, 고, 대학교를 훤히 볼 수 있었다. 친구들이 아침 9시 수업에 늦지 않기 위해 얼마나 일찍 일어나는지, 전철 빈자리를 사수하려면 얼마나 운이 좋아야 하는지, 어떤 날은 서둘러 준비를 마쳤음에도 지각을 할 수 있다는 걸 이해하지 못하는 얄미운 사람이 바로 나였다. 생활이 학교 중심으로 돌아가다 보니 대부분의 약속은 으레 홍대 앞에서 이루어졌다. 그러다 보니 이 동네를 벗어날 일이 딱히 없었다.

대중교통으로 압구정동까지는 그 어떤 경로를 이용해도 한 시간이 넘게 걸렸다. 게다가 집으로 돌아올 때 또 그만큼의 시간을 써야 하기 때문에 귀가 시간이 엄격한 편이었던 우리 집 분위기를 생각하면 여간 부담스러운 거리가 아니었다. 또 어쩌다 한 번 가면 머무르는 시간에 비해 들이는 돈이 많아 애써 찾지 않는 곳이 되었다.

약속한 날 오전에 발을 들인 텅 빈 압구정은 새벽녘의 흥분과 소란이 가시지 않고 남아 아스팔트 위에 낮게 부유하고 있었다. 그 어색한 공기를 느끼며 약속 장소에 도착했고, 가게 계산대 앞에서 반갑게 맞아주는 박소현 디자이너, 소현 언니를 만났다. 당시 옷가게 매니저로 일하고 있던 언니는 가게 주인에게 허락을 구한 뒤 같은 건물 2층 옷가게 창고 구석에 책상을 놓고 자신의 브랜드를 만들 준비를 차근차근 하고 있었다. 영국에서 유학을 마친 뒤 한국으로 돌아와 경험을 쌓는 중이라고 했다.

돌이켜 생각하면 언니의 그런 결정은 조금 특이했다. 보통 유학을 다녀오면 이름이 잘 알려진 대기업에 취직하는 것을 생각한다. 유학 경력을 인정받을 수 있고, 배운 것을 써먹을 수 있고, 안정적으로 월급을 받을 수 있으니까 말이다. 하지만 경험과 자본, 둘 다 필요했던 언니가 선택한 것은 많은 손님을 상대해야 하는 옷가게와 자기 작업을 할 수 있는 작업실이었다. 처음에는 그 선택을 이해하기 어려웠으나, 나중에 생각해보니 언니에겐 꾸준한 자기 작업이 가장 중요했던 것 같다.

언니의 2층 작업실은 화려한 가게들이 가득하고 모두가 분주한 동네에서 아무도 눈치 채지 못한 외딴 섬 같았다. 종이로 만든 패턴과 옷걸이에 빽빽하게 걸린 옷들, 시침질 가득한 샘플이 놓인 상처투성이 책상은 언니가 이 일에 얼마나 진지한지를 보여주기에 부족함이 없었다. 어렸고, 젊었고, 또 그만큼 무모하고 용감했던 언니는 기꺼이 고생을 자처하고, 기꺼이 모험을 선택했다.

영국에서 한 차례 모험을 끝내고 한국으로 돌아와 또 다른 모험을 준비 중인 소현 언니와 이제 막 모험길에 나설 준비를 하고 있는 나의 만남은 짧았지만, 그 후로도 연락은 끊길 듯 말 듯 이어졌다. 내가 이런저런 생각에 중심을 잡지 못하고 흔들릴 때도 언니는 묵묵히 자기 길을 닦으며 걷고 있었기에 다시 연락을 잇는 것이 어렵지 않았다.

"하하, 맞아. 그때는 참 어색한 곳에 있었지."

한국으로 돌아온 뒤 포스트디셈버Post December 스튜디오에서 다시 만난 언니는 여전했다. 부암동 골목길에 자리한 언니의 가게는 계속 그 자리에 있어왔던 것처럼 자연스러워 보였다. 옷걸이에 켜켜이 걸린 옷들은 이제 언니를 닮았고, 뒤편 작업실에 한가득 쌓인 패턴들은 여전한 고민의 시간을 그리고 있었다.

규모를 막론하고 사업은 어렵다. 패션 산업은 대개 시즌별 새 상품의 대량생산과 정기 할인이 반복되는 구조로 돌아간다. 팔릴지 안 팔릴지 알 수 없는 옷들을 크기별로 기획하고 제작 단가를 낮추기 위해 대량생산을 한다. 그러면 제품을 파는 동안 재고는 고스란히 무거운 짐으로 남는다. 그렇게 만들어진 물건들을 다음 시즌이 오기 전에 할인 행사를 통해 밀어내는 구조는 낭비도, 부담도 클 수밖에 없다.

이러한 구조는 대규모 회사에는 적합하지만 소규모 회사에는 맞지 않는다는 사실을 깨달은 후, 자신에게 맞는 구조를 찾기 위해 지난 10년 동안 온몸으로 부딪히며 싸운 기분이라고 언니는 말한다. 현재 언니는 소규모 사업에 부담을 덜 지우기 위해 불특정 다수를 위한 대량생산은 지양하고, 시즌 오프 정기 세일은 하지 않는다고 한다. 이는 역시 고객을 1:1로 상대하는 사업체의 특성을 반영한 결정이기도 하다.

"그런데 문득 '나만 이러고 있네' 하는 생각이 들더라고."

작은 사업체가 대량생산과 정기 세일이라는 공식과도 같은 길을 따라가지 않고서는 그 규모를 키우기가 쉽지 않다며 꺼낸 말이다. 대다수가 택하는 길이 아닌 나만의 길을 만들며 가다 보면 장애물도 많고 고민도 많은 게 당연하다. 철마다 밀물처럼 쏟아져 나오는 새 옷들을 보면서, 그렇게 낭비되고 버려지는 재료들을 마주하면서, 또 잘 만들어 제 값을 받고 팔기보다는 많이 만들어 싸게 파는 산업 구조를 몸으로 겪으면서 언니는 속절없이 밀려드는 회의감에 많이 괴로웠고 여전히 힘들다고 한다.

내가 생산을 하며 느꼈던 죄책감과 고뇌를 언니도 느끼

고 있었다. 당시 나는 그 부정적인 감정을 감당하기 어려웠고, 그것을 어떻게 긍정적으로 바꾸어 일에 녹여낼 수 있을지 방법을 알지 못했다. 아니, 어쩌면 그 일을 지속할 만큼 열정이 없었는지도 모르겠다.

소현 언니는 여전히 제작과 소비 환경에 비판적이지만 옷 만드는 일을 사랑하는 그 마음에는 변함이 없다. 내가 또 이런저런 생각으로 이리저리 흔들리는 동안에도 언니는 계속 그 길을 걸을 것이다.

"그냥 내가 할 수 있는 거 하면 돼."

늘 그렇듯 긍정으로 무장을 하고 말이다.

주황색 의자

미술대학 건물에는 별게 다 있다. 이건 좋게 표현한 것이고, 좀 더 적나라하게 표현하면 쓰레기장이나 다름없다. 이건 한국이나 핀란드 두 나라 다 비슷했고, 국가 불문율인 듯했다. 특히나 손으로 무언가를 뚝딱뚝딱 자르고 부수고 붙이고 칠하는 일을 해야 하는 조형학과의 경우는 더욱 심하다.

타인에게 피해를 주지 않는다면 작업에 필요하다는 명목하에 별의별 물건을 가져와도 대개 너그러이 받아들여진다. 각자 자기 작업을 하느라 바빠서 다른 사람이 무슨 물건을 가져왔는지 신경 쓸 겨를이 없다고 하는 게 좀 더 정확한 표현일 테다. 아니면 나도 그에 준하는 재료를 들고 학교에 올 예정이므로 서로서로 용인해주는 분위기인지도 모르겠다.

나는 가구를 만드는 학과에서 공부했기 때문에 톱, 망치, 끌, 대패, 드릴 등 각종 공구는 당연하고, 합판이나 원목, 타이어, 돌멩이, 라탄, 스펀지, 유리 조각, 유리 섬유, 본드 등이 어지러이 뒤섞인 공간과 친숙했다. 학생들은 한 해가 끝날 무렵 시행되는 대청소로 또다시 희한한 물건들을 채워놓을 수 있는 공간을 만들곤 했다.

헬싱키미술대학 6층 공동 컴퓨터실 앞에는 언제부터인가 작은 주황색 나무 의자가 놓여 있었다. 등받이가 가느다란 나무살로 되어 있는 아주 평범한 북유럽식 의자였다. 다만 의자는 흔히 볼 수 없는 쨍한 주황색이었고, 앉는 부분(좌판)에는 아주 얇은 스펀지가 내장된 듯한 연한 갈색의 인조가죽이 덧대어져 있었다. 저 평범하다 못해 발에 채일 듯 흔한 형태의 의자에 저렇게 폭신한 좌판이라니. 게다가 아무런 색도 칠하지 않은 원목 그대로의 색이나 흰색, 검정색, 파란색, 초록색, 노란색은 봤어도 주황색 의자는 본 기억이 없어 더욱 특별해 보였다. 비록 저렴해 보이기는 했지만, 한때 누군가가 매우 공을 들인 것 같은 물건이었다.

하지만 그 의자는 버려져 있었다. 모든 학과 학생들이 이용하는 컴퓨터실 앞 복도에 한 달 넘게 놓여 있었지만 가져가는 사람도, 사용하는 사람도 없었다. 그도 그럴 것이 여섯 개의 나무살을 하나로 고정시켜주는 상판 부분이 사라진 상태였다. 다행히도 살들은 부러진 곳이 없었고 그 상판 부분만 쏙 빠져나간 듯 보였다. 다만, 아랫부분만 좌판에 간신히 고정되어 있는 살들을 저대로 방치하면 분명 머지않아 부러질 게 뻔했다. 아마도 전 소유주는 어떤 이유에서인지 의자 등판이 망가지자 대충 치워놓은 듯했다.

그렇게 버려진 의자에 눈길을 주는 사람은 내가 유일해 보였다. 누가 칠했는지는 모르겠지만 저렇게 용감한 주황색 가구는 쉽게 발견할 수 있는 게 아니라 자꾸만 눈이 갔다. 그러고도 시간이 한참 흘렀다. 정말 그 의자의 주인이 나타나지 않고, 누구도 그 의자의 존재를 신경 쓰지 않고, 대청소 때 쓰레기통으로 직행할 게 분명해 보일 만큼 충분한 시간이 흘렀다. 마침 바쁜 일도 없고, 다음 과제를 위해 예열의 시간이 필요한 어느 평온하고 나른한 오후, 나는 6층 컴퓨터실 앞으로 걸어가 그 주황색 의자를 수거해 지하에 있는 목공 기계실로 가지고 내려갔다.

학교 기계실은 최고의 설비를 갖추고 있었다. 물론 학생의 관점에서 말이다. 학교의 모든 학생들이 사용하는 데에 무리가 없도록 3명의 기사님이 상주해 계셨고, 기계 조작 방법에 대한 기본 교육을 정기적으로 실시했다.

하지만 학생들이 많이 몰리는 기간이 되면 기사님들은 신경이 매우 날카로워졌다. 여기저기서 칼날이 다양한 각도로 매섭게 돌아가는 기계들이 가득한 공간인데, 기계를 다루는 데 미숙한 학생들이 빨리 작업을 마치고 소음 가득한 공간을 벗어나고 싶은 마음에 안전수칙을 어기는 경우가 많았기 때문이다. 그러면 어김없이 가장 무서운 기사님의 불호령이 떨어지곤 했다. 처음에는 나도 무서웠지만 기계 돌아가는 소리가 워낙 크다 보니 기사님들이 큰 소리를 낼 수밖에 없다는 것을 알게 되었다. 하지만 목소리가 크던 작던 기사님들은 내게 어려운 사람들이었다.

무섭기로 소문난 기사님과 마주칠까봐 슬쩍 왔다가 황급히 사라지는 이름 모를 학생들이 몰리는 학기 말이 되면, 기사님들은 하루 종일 화가 나 있었다. 그래서 기계실을 써야 할 때는 학생 수가 적당해 기사님들이 다소 평온해 보이는 날을 선호했다. 다행히 내가 주황색 의자를 들고 내려간 날은 모든 게 순조로워 보였다.

기계실에는 학생들이 목재를 사용한 만큼 치수를 재어 기록으로 남기는 장부가 있다. 그러면 그 장부는 각 학과로 넘겨져 일정액은 학교에서 부담하고 나머지는 학생이 부담하는 방식으로 운영된다. 물론 학과에서 내준 과제가 아니면 모든 경비는 개인 부담이다. 이는 잘 지켜질 때도 있지만 그렇지 않은 경우도 많다. 장부를 꼬박꼬박 작성했지만, 신기하게도 나는 한 푼도 낸 기억이 없다.

한편, 장부에 기록하지 않고 무료로 재료를 쓰는 방법도 있다. 기계실 곳곳에는 잘라내고 남은 자투리 재료들을 쌓아두는 커다란 상자가 있는데, 그 상자 안을 뒤지면 웬만한 크기의 재료는 찾을 수 있다. 나도 그 상자에서 주황색 의자의 등받이로 쓸 만한 크기의 자작나무 토막을 발견해 작업을 시작할 수 있었다.

먼저, 나무토막을 적당한 모양으로 잘라내 여섯 개의 살에 맞는 각도로 구멍을 뚫었다. 모양을 다듬고 난 후, 풀을 적당히 채운 구멍에 살을 끼워 넣어 마를 때 까지 목공용 클램프clamp로 눌러 고정시켜주면 되는 어렵지 않은 작업이었다. 여섯 개의 살이 각기 다른 각도로 기울어져 있다는 게 조금 까다롭긴 했으나, 이럴 땐 의외로 '대충'이 먹힌다. 숙련된 기술자들이 보면 기도 안 차겠지만, 이미 상판을 잃고 흔들리는 살들의 정확한 각도를 알아내기는 나로선 어려웠기 때문에 보기에 자연스럽고 앉기에 튼튼하게 고치기만 하면 그만이었다.

다음 날, 의자를 확인하러 기계실을 찾았다. 꽉 다물어져 고정되어 있는 살들을 보니 잃어버렸던 제 집을 찾아준 것 같은 뿌듯함을 느꼈다. 만들어 끼워 넣은 자작나무 상판에는 아무 색도 칠하지 않기로 했다. 때가 묻지 않을 정도로만 기름칠을 한 뒤 완성된 의자를 가지고 집으로 갔다.

　나는 이 의자를 오랫동안 잘 사용했다. 이사가 잦은 나를 따라 이 동네 저 동네를 옮겨 다니며 작은 집에서 식탁 의자도 되고, 책상 의자도 되었다. 그렇게 7, 8년을 쓰자 점점 균열이 보이기 시작했다. 수리한 부분이 아닌 다른 부분에서 말이다. 살 하나에 금이 가더니 결국 부러져 섬유가 삐죽삐죽 뾰족한 이를 드러냈다. 좌판 인조 가죽에 나 있던 틈새는 시간이 갈수록 점점 더 벌어졌고, 안에 있던 스펀지가 삭으며 그 틈새로 초록색 가루가 날렸다. 게다가 네 방향으로 벌어져 있는 다리는 애초 튼튼한 구조로 만들어지지 않았다. 서로를 붙잡아줄 수 있는 이음매 없이 좌판의 밑면에만 풀로 고정되어 있던 터라 결국 무게를 버티지 못하고 삐걱 소리를 내며 흔들리기 시작했다.

　그쯤 되니 앉아 있다가 언제 뒤로 넘어가도 이상할 게 하나 없어 보였다. 한 번 더 고쳐야 하나 고민도 했지만 그때는 이미 학교를 졸업한 상태라 기계를 사용할 마땅한 방법이 없었다. 무엇보다 지난번 작업처럼 일이 간단히 끝나지 않을 게 분명해 보였다. 언제 어디서 고칠 수 있을지도 기약이 없었다. 결국 헬싱키에서 한국으로 이사를 앞두고 안타깝지만 의자에게는 안녕을 고했다.

　지금도 가끔씩 그 의자가 떠오르면 버리기로 선택한 것이 내심 미안하다. 내게 고쳐 쓰는 즐거움을 느끼게 해준 추억 가득한 물건이라 더욱 그런가 보다.

탁상용 미니 오디오 컴포넌트

우리 부부는 헬싱키에서 처음 만나 결혼하고 쭉 그곳에서 생활했기 때문에 한국에서 살터를 꾸미는 것은 이번이 처음이었다. 결혼한 지 10년이 되었지만 각자 학생 때 쓰던 물건들이 아직도 부모님 집에 고스란히 남아 있었다.

한국으로 이사를 오며 서울에 갈 때마다 양쪽 부모님 집에 들러 가져올 물건들이 있는지 살폈다. 처음에는 얌체처럼 책만 몇 권 빼 오려 했는데, 방을 둘러보니 학창 시절 사 모았던 음반들이 눈에 밟혔다. 지금은 음악을 듣기 위해 스트리밍 서비스를 이용하지만, 대학생 시절에는 디스크 안에 음악이 담겨 있었다. 학교 앞에는 작은 레코드점이 많아서 시간이 날 때면 이곳저곳 들러 구경을 했다.

그중 신촌에 있는 신나라 레코드점에서 혼자만의 시간을 갖는 것을 가장 좋아했다. 평소 좋아하는 음악가의 음반을 고르거나, 한번 들어보고 싶은 음악 장르의 코너로 가서 재킷이 마음에 드는 음반을 골라 모험을 해보기도 했다. 음반 가게에 들어서며 세계 각지에서 날아온 수백, 수천 장의 음반들 사이에서 '이번엔 어떤 걸 발견할까' 기대하며 붕 떠 있는 기분을 즐겼다. 아직도 음반들을 보면 언제 어디서 구매했는지 웬만큼은 다 기억할 수 있다. 심지어 어떤 음반들은 고르면서 했던 고민과 기분, 그날의 날씨까지 함께 기억에 남아 있다.

한참 음반을 뒤적이다가, 오래된 탁상용 오디오 시스템이 아직 방에 남아 있다는 사실을 떠올렸다. 항상 그 자리에 있어서 너무 당연하다고 느낀 이 오디오는, 내가 열 살이 되던 해에 구매해 사용한 지 30년이 다 된 제품이다. 검은색에 가까운 무광의 짙은 회색 몸체에 연두색 스크린을 중심으로 양 옆에 조작 버튼들이 깔끔하고 단순하게 배열되어 있다. 직관적인 조작법에 흔하지 않게 마음에 드는 리모컨까지 30년이 지난 제품이지만 지금 봐도 여러모로 마음에 든다는 사실이 새삼 놀라웠다.

화면에는 정보가 제대로 뜨는지, 스피커에서는 멀쩡히 소리가 나오는지, 리모컨은 작동하는지 확인해본 지도 10년이 넘었기 때문에 고장이 났어도 사실 이상할 것은 없었다. 하지만 놀랍게도 문제없이 작동했다. 고장 나지 않고 버텨준 기계에 고맙고, 이런 물건을 만든 회사에 고맙고, 30년 전 훌륭한 안목을 가졌던 아빠에게 고맙고, 이 오디오 시스템의 존재를 다시 떠올린 내가 대견했다.

신이 난 우리는 그날로 바로 오디오와 음반들을 차에 싣고 시부모님 집으로 향했다. 남편이 예전에 쓰던 방을 뒤져 스피커와 음반을 챙겨 나왔다. 그렇게 해서 우리 집 거실에는 생각지도 못한 네 개의 스피커가 딸린 오디오 시스템이 생겼다. 음반들도 당당히 거실에 자리했다. 별도 케이블을 이용하면 휴대폰 스트리밍 서비스로 음악을 들을 수도 있었다. 물론 잡지에서나 볼 수 있는 UFO나 공기청정기처럼 생긴 신식 블루투스 스피커가 아닌 탁상용 미니 오디오 컴포넌트지만 지금 우리에게는 더 바랄 것 없이 완벽한 제품이다.

고등학교 3학년 때 입시 준비로 귀가 시간이 늦어지자 부모님이 처음으로 휴대폰을 사주셨다. 그때는 휴대폰에 음악을 담아두는 기능이 없어서 둥그렇고 두툼한 CD 플레이어를 책가방에 넣고 다녔는데, 어느새 손바닥 안에 쏙 들어오는 MP3 플레이어가 등장해 열 몇 곡 남짓한 음악을 담아서 가지고 다닐 수 있게 되었다. 그리고 음악, 결제, 카메라, 내비게이션 등 실생활에 필요한 거의 모든 기능들을 휴대폰 하나가 담아내는 데에 10년이 채 걸리지 않았다.

플립형 휴대폰을 쓰며 자판에 있는 인터넷 연결 버튼을 잘못 눌러 돈을 지불하게 될까봐 화들짝 놀라곤 했던 15년 전에는 가히 상상하기도 힘든 모습의 일상을 살고 있다. 돌아가신 할아버지가 보시면 분명 깜짝 놀라실 만큼 변화한 세상에서 살고 있음을 새삼 느낀다. 내가 나이가 들어 60, 70대가 되면 세상에는 또 어떤 신기한 물건이 등장해 있을까?

내 의지와 상관없이 빠르게 변화하는 산업에 때로는 미미한 저항감을 느끼기도 한다. 아직은 조금 더 쓰고 싶은데 새로운 선택을 해야 하는 경우도 생긴다. 고장이 나면 고쳐서라도 쓰고 싶은데 가전제품은 구멍 난 양말이나 의자와 달리 직접 손을 대기가 어렵다. 수리 전문가를 찾아가도 고치는 비용이 비싸거나 부품 생산이 중단되어 수리를 포기하고 새 제품을 구입하게 되는 경우도 적지 않다.

만약 지금 우리 집에 있는 오디오 시스템이 고장 나면 다음 물건은 지금 것과는 전혀 다른 형태가 될 것이다. 그렇게 되면 그때는 정말 음반들을 상자 안에 넣어 창고에 쌓아두어야 할지도 모르겠다. 벌써부터 변화 앞에 무력감을 느끼는 노인이 된 기분이다.

고칠 수 있는 가구

나와 남편은 거실에 둘 탁자를 찾느라 꽤 오랜 시간을 고민했다. 좋은 물건을 사서 오래오래 쓰고 싶은데 마음에 드는 것을 찾기가 생각보다 어려웠다. 비싼 건 너무 부담스럽고, 저렴한 것은 경험상 금세 망가졌다. 우리가 지난번 구매한 탁자가 딱 그렇다.

헬싱키에 있을 때 아이를 위해 샛노란 작은 원형 책상을 급하게 구매했고, 이를 거실에 두어 탁자와 겸해서 쓰고 있었다. 하지만 예쁜 외형과는 관계없이 구조가 허술했던 탁자는 온몸을 사용해 그림을 그리고 책을 보는 아이의 행동에 금방 힘을 잃고 말았다. 더 오래 사용할 수 있을 줄 알았는데 생각보다 금방 망가져서 적지 않게 실망했다. AS가 가능한 제품도 아니었다. 애착과 애정이 물건을 오래 쓰는 방법 중 하나라고 하지만, 애착과 애정을 주고 싶어도 오래 버티지 못하는 물건들도 있다.

그러다 문득 기억이 났다. 같은 대학을 졸업한 동기들이 만든 가구 회사 '스탠다드에이STANDARD.a'가 여전히 건재하다는 것을 말이다.

'마음 맞는 친구들끼리 일도 같이하고, 참 보기 좋네.'

이 정도로 가볍게 생각했던 회사는 꾸준히 성장해, 지금은 직원도 많고, 제품도 많고, 재미있는 프로젝트도 벌이면서 안정적으로 사업을 꾸려가고 있다.

홈페이지를 둘러보다가 마침 원하는 형태의 제품을 발견했고, 규격 변경이 가능하다는 설명에 남편은 상담 후 바로 주문을 넣었다. 떡 줄 사람은 생각도 않는데 나 혼자 지레 김칫국을 마시는 것일 수도 있지만, 내가 전화해서 주문을 넣으면 암묵적인 지인 할인을 요구하는 모양새가 될까봐 남편이 나서서 구매를 진행했다. 주문을 하고 제품을 기다리며 우리는 노란 원형 탁자의 다리가 더 이상 벌어지지 않게 노끈으로 칭칭 감아놓고 버티기에 들어갔다.

가구는 생각보다 일찍 완성되었고, 직원이 직접 배달할 거라는 연락을 받았다. 배달업체를 쓰지 않고 이 먼 곳까지 회사에서 직접 배달을 한다는 사실이 신기해서 그 이유를 물어보니, 열과 성을 다해 만든 가구가 배달 과정에서 훼손되는 것을 막기 위해 회사 차원에서 직접 배달까지 완수하는 것이라고 했다. 토요일 아침 10시쯤 도착한다는데, 그렇다면 서울에서 울산까지 배달하기 위해 누군가가 주말 새벽을 희생해야 한다는 결론에 다다랐다. 홈페이지에 소개된 직원들 가운데 내가 아는 사람들은 창업주 몇 명뿐이었다. 아마도 내가 모르는 힘없는 입사 막내 직원이 꼭두새벽부터 고생을 하겠구나 싶어 괜히 미안해졌다.

그런데 가구를 싣고 온 사람은 대학 동기인 민규 오빠였다. 민규 오빠는 나를 바로 알아보았다. 창업주가 직접 배달할 거라고는 전혀 생각지 못해 무척 놀랐다고 하자 민규 오빠가 웃으며 말했다.

"바람 쐬고 싶어서 왔어."

거실에 자리한 가구는 마치 예전부터 우리 집에 있었던 것처럼 자연스럽게 어우러졌다. 아이 생각도 비슷했는지 바로 스케치북을 펼쳐놓고 그림을 그리기 시작했다. 이미 그림 그리기에 빠져든 아이는 잠시 집중하게 두고, 우리 셋은 식탁에 둘러앉아 늦은 아침 식사를 하며 꽤 오랫동안 이야기를 나누었다.

"언젠가는 가구 병원을 열고 싶어. 어떤 가구를 들고 와도 고쳐주는 곳 말이야."

스탠다드에이가 가구를 만들어 팔기 시작한 지도 어느덧 10년이 되다 보니 예전에 구입한 물건의 마감이나 보수를 다시 부탁해오는 손님들이 점점 많아진다면서 민규 오빠가 꺼낸 말이다. 그날 우리가 나눈 대화 중 가장 깊이 와닿은 말이기도 하다.

원목은 무늬목을 씌운 제품이나 합성목 또는 집성목으로 만든 제품, 페인트칠을 한 제품과는 다르게 수리 및 보수가 까다롭지 않다. 상판이 많이 오염된 탁자는 대패나 사포로 한 꺼풀 벗겨내고 다시 마감을 하면 마치 새것처럼 쓸 수 있다. 수리를 고려하지 않고 만든 물건들에 둘러싸여 살아가다 보니 그게 가능하다는 것도 잊고 사는 요즘이다. 기계는 사람을 대체하고, 우리는 인건비를 무시하고 싶어 한다.

수리해서 쓰고 싶은 마음은 있지만 내 의지와 상관없이 포기해야 하는 경우도 심심치 않게 생긴다. 부품을 구해야 하고 시간도 들고 수리 비용도 적지 않기 때문에 더 나은 기능을 가진 신제품을 사는 것이 훨씬 이득이라는 직원의 권유를 받기도 한다.

또 어떤 물건들은 처음부터 오래 사용되지 않을 것을 알고 만들어지기도 한다. 인터넷 의류 쇼핑몰에는 한두 번 세탁하고 나서 입을 수 없게 됐다며 실망감을 감추지 못하는 리

뷰들을 심심치 않게 볼 수 있다. 다음 버전을 위해 일부러 기능을 축소시켜 시장에 내놓아 제품의 유효 수명을 계획적으로 설정하는 계획적 구식화Planned obsolescence 역시 이미 잘 알려진 생산방식이다.

긍정적인 민규 오빠는 말한다.

"대개 한쪽이 너무 비대해지면 자연스럽게 다른 쪽으로 서서히 옮겨가게 마련이잖아. 고칠 수 없는 물건이 하도 많다 보니까 이제 슬슬 사람들이 유지, 보수, 수리 쪽에 관심을 갖기 시작하는 것 같아. 그럼 그 시장도 서서히 커지지 않을까?"

몇 년 뒤, 아이가 거실에 놓인 탁자를 더 이상 책상으로 쓰지 않게 되면, 자기 방에 들어가서 문을 닫고 나오지 않는 사춘기가 찾아와 우리 부부가 비로소 탁자로 사용할 수 있게 되면, 그때 차에 싣고 민규 오빠를 한번 찾아가야겠다. 색연필 자국이 가득한 상판을 한 꺼풀 벗겨내면 다시 새것처럼 오래오래 쓸 수 있을 것이다. 나보다 내 물건을 더 잘 이해하고 고쳐줄 누군가를 안다는 게 이렇게 든든할 줄이야.

신중한 잡식주의자

음식에 대하여

핀란드에 있을 때 주변에 채식을 하는 사람들이 많았
다. 채식을 하는 것이 그렇게 두드러져 보이는 특별한
행동은 아니었다. 사람들과 함께 식사할 때 채식을 한
다고 거리낌 없이 말할 수 있는 분위기였다.

채식을 하는 이유를 타인에게 구구절절 설명할 필
요도, 우려의 눈빛과 비난의 뜻이 담긴 질문 세례를 걱
정할 필요도 없었다. 고기 맛을 좋아하지 않아서, 윤리
적인 이유 때문에, 종교적인 이유 때문에 등 사람들이
채식을 선택하는 이유는 가지각색이었다. 그리고 해산

물은 먹는 사람, 달걀과 유제품은 먹는 사람, 모든 종류의 동물성 식품을 일체 먹지 않는 사람 등 채식에도 그 종류가 다양하다는 사실을 차츰 알게 되었다.

처음에는 채식주의자라면서 생선을 먹는 친구를 보며, '저게 무슨 채식이야. 제대로 하려면 저것도 안 먹어야지' 하고 생각하기도 했다. 이분법의 엄격한 잣대를 들이대며 그 사람이 고민 끝에 내렸을 결정을 비웃었다. 그러나 시간이 지나 그것이 나의 닫힌 마음과 무지에서 비롯된 오해였음을 알게 되었다.

내가 다니던 학교에는 세 개의 식당이 있었는데, 그중 하나가 채식 식당이었다. '킵사리kipsari'라는 이름의 이 식당은 유제품은 허용하는 채식Lacto vegetarianism 식단과 함께 비건 Vegan diet 식단을 제공했다. 벌써 14년 전의 일이지만 킵사리를 처음 찾았을 때가 아직도 생생하다.

당시는 점심시간이었다. 가장 붐비는 시간에 찾아서 그랬는지 줄이 복도 끝까지 이어져 있었다. 친구들과 줄을 서서 기다리며 복도까지 퍼지는 음식 냄새를 먼저 맡게 되었다. 채식 음식만 파는 식당이라는 설명을 미리 듣고 간 자리였는데, 차라리 모르고 갔으면 좋았을 것 같다는 생각이 순간 들었다. 사실 난 그때까지 채식 식당에 가본 적이 한 번도 없었다. 그런 게 있는 줄도 몰랐다. 관심이 없었기 때문이다. 채식은 절이나 집에서나 가능하지 식당에서도 할 수 있다고는 생각해본 적이 없었다. 잔뜩 편견을 가지고 음식 냄새를 맡으니 먹기도 전에 맛이 없을 거라는 생각이 온몸의 감각들을 지배하기 시작했다.

'빠져나가고 싶다… 빠져나가고 싶다….'

이런 생각이 들면서 약간 초조해졌다. 하지만 막 학교를 다니기 시작해 겨우 말을 트고 얼굴을 익힌 친구들과 함께 점심을 먹으러 왔는데, 나 혼자 정색하고 빠져나오자니 소위 말해 모양이 빠질 것 같았다.

마음은 복잡했지만 표정과 몸짓으로 '이런 것쯤은 익숙해. 난 새로운 걸 편견 없이 받아들일 수 있을 만큼 유연한 사고방식을 지녔어'라는 의사를 표현하기 위해 애를 썼다. 모르긴 몰라도 그게 더 어색해 보였을 것이다. 실로 나만 빼고 다들 무덤덤해 보였다.

어느새 줄이 줄어들고 가까이서 음식을 보게 되었다. 준비된 두 종류의 음식 중 자기가 원하는 것을 적당히 퍼서 접시에 덜고 옆에 놓인 빵과 샐러드를 원하는 만큼 담아 계산을 하는 방식이었다. 향이 진한 토마토소스에 푹 익은 각종 채소들은 아무리 봐도 식욕을 느낄 수 없었다. 게다가 그 옆에는 며칠 전 입에 넣고 잔뜩 인상을 구겼던 발효 호밀빵까지 놓여 있었다. 이미 부정적인 생각으로 가득 차 있는 입 안에서 음식이 맛있게 느껴질 리 없었다. 참으로 별로였던 첫인상 때문에 학교를 다니는 내내 다시는 킵사리에 갈 일이 없을 거라고 생각했다. 그런데 웬걸. 졸업할 즈음엔 내가 가장 좋아하는 학교 식당이 되었다.

나에게 킵사리가 특별해진 이유는 그 자유로운 분위기 때문이다. 외식 전문업체가 아닌 학생회에서 운영하는 식당이다 보니 학생들의 개방적이고 유연한 면모가 잘 반영되어 있었다. 여기저기 규칙이 있는 듯 없는 듯 놓인 식탁과 중간중간 자리한 낡은 소파는 세계 곳곳에서 온 학생들이 배를 채우고, 휴식을 취하고, 고민을 털어놓고, 열정을 쏟아내는 자리로 손색이 없었다.

또 채식을 하는 사람들만 킵사리를 찾는 것은 아니었다. 그 자유로운 분위기를 아끼고, 즐기고, 더불어 그 식당이 제공하는 음식을 감사하게 여기는 사람들이 즐겨 찾는 곳이었다. 처음에는 혀를 내두르던 나도 그 뒤로 몇 번 더 끌려가 음식을 맛보고 나서 의외로 맛있게 먹은 날들이 있다는 걸 깨달았다.

킵사리의 메뉴는 매일매일 바뀌었는데, 여느 다른 식당들도 그러하듯 내 입맛에 맞는 날이 있고 그렇지 않은 날도 있다는 걸 받아들이게 되었다. 실제로 나도 모르게 다른 식당에서 맛본 음식이 맛없는 경우는 의외로 관대하게 넘어가는 반면, 채식 식당에는 조금 더 엄격한 잣대를 들이대고 있었다. 그런 일들이 반복되면서 킵사리를 향해 닫혔던 마음을 서서히 열 수 있었다.

"채식이 건강에 좋아", "환경을 생각해서 채식을 해야 해", "동물 복지에 관해 생각해본 적 있니?" 같은 문구가 적힌 포스터 한 장 없이 킵사리는 그저 자유로운 분위기를 조성해 이 식당을 찾는 것이 누구에게나 편안하도록, 멋있는 일이 되도록 만들었다. 그리고 그것이 킵사리가 가진 매력임을 깨달았다. 처음에 음식을 보고 온갖 인상을 쓰던 나를 이렇게 바꾸어놓았으니 말이다.

킵사리에 가면 늘 야나Jaana가 있었다. 킵사리에서 일하는 주방장과 직원들 모두가 카리스마가 넘쳤지만 그녀는 유독 두드러져 보였다.

야나는 학생들 사이에서 독설가로 이미 유명했다. 잘 벼른 칼날처럼 날카로운 말투 때문에 그녀에게 미움을 샀다고 오해하거나 상처받는 학생도 더러 있었다. 하지만 오랜 시간에 걸쳐 관찰도 하고 대화도 해보니 그녀의 그런 차가운 태도는 핀란드 사람 특유의 무뚝뚝한 성격에 환경 문제를 향한 고뇌와 분노, 좌절이 더해진 결과일 뿐 그 어떤 악의도 없음을 알게 되었다.

한번은 이런 일이 있었다. 남편이 막 학교에 다니기 시작할 무렵, 목이 너무 말라 물을 마시려고 킵사리에 들렀다. 물을 떠서 마실 수 있는 개수대는 배식대 바로 옆에 있었다. 핀란드에서는 어디서나 수돗물을 틀어 그냥 마신다. 핀란드의 물은 주변 나라들과는 다르게 석회가 섞여 있지 않다. 게다가 정기적으로 배수관 공사를 하기 때문에 원래도 좋은 수질이 언제나 최상급으로 유지된다. 화장실 세면대 수도꼭지에서 마실 물을 물병에 채워 나오는 핀란드 친구들의 행동을 보고 처음에는 경악을 금치 못했는데, 나중에는 나도 아무런 망설임 없이 같은 행동을 하게 되었다.

그때는 남편이 아직 그런 분위기에 적응하지 못했을 때였고, 또 음식을 사 먹지 않고 물만 마시기가 눈치 보여 짧은 고민 끝에 생수를 사서 마시기로 결정했다고 한다. 마침 야나가 서 있는 계산대 앞으로 걸어가 그녀 뒤에 있는 음료수 냉장고를 가리키며 플라스틱 통에 든 물을 하나 구매하겠다고 말했다. 남편의 말을 들은 야나는 대뜸 물었다.

"어디서 마실 거예요?"

남편은 대답했다.

"여기서요."

"안 팔아요."

"…."

"여기서 마실 거면 수돗물 마셔요. 이건 진짜 급해서 가지고 나가야 하는 상황 아니면 안 팔아요."

그 짧은 순간 그녀의 환경에 대한 오랜 고뇌에 공감하지 못한 사람들은 상처를 받고 속으로 욕을 했을지도 모를 일이다. 자칫 폭력적으로 느껴질 수 있는 그녀의 응대에 당황했을 남편의 모습이 눈에 선하다. 물론 남편 역시 당황했지만, 곧 그녀의 말에 수긍할 수 있었다고 한다. 그리고 누구의 눈치도 보지 않고 개수대에서 물을 한 컵 받아 마셨다고 한다.

킵사리는 누구나 가벼운 마음으로 들러서 즐기다가 떠날 수 있는 공간이다. 하지만 이 공간을 꾸려가는 사람들이 음식을 통해 무슨 말을 전달하고 싶은지, 어떤 앞날을 꿈꾸는지 어렵지 않게 헤아릴 수 있다.

"난 거기 절대 안 가."
"거기 음식 맛없어서 못 먹겠어."

물론 내 주변에는 이렇게 말하는 사람들도 있다. 어디까지나 개인의 취향이고 선택이기 때문에 모든 이가 좋아할 수는 없다. 나는 딱히 채소를 좋아하는 편은 아니다. 그러나 낯선 땅에서 자취를 시작하며 죽이 되든 밥이 되든 요리를 해야만 했다. 일반 식당은 학생이 이용하기에 너무 비쌌기 때문이다. 채소를 어떻게 활용하면 좋을지 수많은 시행착오를 반복하며 배워나가는 중이었고, 그것이 킵사리의 음식을 즐기게 된 데 도움이 되었던 것 같다.

처음 불쑥 들었던 거부감은 채식이라는 단어 뒤에 있는 거창한 무언가가 거슬렸기 때문인지도 모르겠다.

'무리에서 튀는 유별난 사람이 되면 안 된다.'

'타인에게 밉보일 행동은 하면 안 된다.'

어쩌면 사회에서 답습한 이러한 사고의 영향도 있지 않을까? 마음의 문을 열고 하나씩 즐겨나가기 시작하니 내가 누구인지 알아가는 것 같아서 기분이 좋았다. 내가 무엇을 좋아하고 싫어하는지를 알고, 그걸 표현하는 데에 자유로움을 느꼈다.

사실 비빔밥에 고기를 넣지 않아도 충분히 맛있고, 잡채에도 고기 대신 넣을 수 있는 것들이 얼마든지 있다. 된장국도, 김치볶음밥도 예전부터 즐겨 먹었던 음식인데 채식이 뭐라고 그렇게 특이하고 별난 것으로 여겼을까? 마치 남들 눈밖에 날 만한, 낙인이 찍힐 만한 이상한 행동을 하는 것처럼 말이다. 의도하지 않았을 뿐 이미 간헐적으로 하고 있었던 것인데, 그것도 모르고 채식이라는 말에 왜 그렇게 정색했을까?

그리 별나지 않은 채식주의

한때 나도 채식을 2년 정도 했다. 순전히 호기심에서였다. 그동안 킵사리를 자주 찾으며 트인 눈을 주변으로 돌려 시내에 있는 채식 식당을 가보기도 했다. 일반 식당에 갈 때면 일부러 채식 음식을 골라 주문하기도 하고, 비행기를 타면 기내식으로 미리 채식을 선택하기도 했다. 재미있었다. 항상 지척에 있었는데 전혀 몰랐던 세계를 탐험하는 기분이었다.

핀란드에는 채식 인구가 적지 않아서 일반 식당에서 채식 메뉴를 찾는 게 어려운 일은 아니었다. 어떤 음식은 정말 기대 이상으로 맛있었는데, 그러면 꼭 보물찾기에 성공한 것 같은 기분이었다. 무엇보다 내 주변에 채식을 하는 친구들이 많았기 때문에 같이 밥을 먹으며 다양한 음식을 접해본 터라 나라고 못할 것도 없어 보였다.

사실 채식이라는 단어가 거창하게 느껴져서 그렇지, 생각해보면 이미 나도 의도치 않게 채식을 하고 있었다. 핀란드에서 자주 먹는 샌드위치에도 햄 없이 채소에 치즈, 혹은 달걀과 채소만 들어 있는 경우가 많고, 집에서 후다닥 만들어 먹던 냉장고 청소용 파스타에도 채소만 넣는 경우가 많았다. 갑자기 동물성 식품을 끊기보다는 평소에 하던 대로, 그렇지만 아주 조금만 더 신경 써서 접근하면 어렵지 않을 것 같았다.

같이 채식을 했던 남편의 경우엔 죄책감이 컸다. 당시 석사과정 졸업 논문을 쓰고 있던 남편은 과도한 육식의 소비와 생산이 인류의 건강과 환경에 미치는 영향을 조사해 개선 방안을 모색하고, 이를 시각화하는 작업을 하고 있었다. 이를 위해 남편은 제레미 리프킨의 책 《육식의 종말Beyond beef》이나, 현대의 공장식 육류 생산과 환경 문제의 관계를 조명하는 〈카우스피라시Cowspiracy〉와 같은 다큐멘터리들을 섭렵했고, 그 과정에서 자연스레 입맛을 잃었다.

남편이 본 책과 영상들은 전 세계적으로 늘어나는 고기 섭취량을 충족시키기 위해 현대의 동물들이 어떠한 방식으로 다루어지고 있는지, 소의 사료로 쓰이는 옥수수를 재배하기 위해 매해 얼마나 방대한 크기의 삼림이 사라지고 있는지, 그게 인류의 존속에 어떤 의미인지를 낱낱이 보여준다. 나날이 어두워지는 남편의 얼굴을 바라보며 나는 영상을 보지 않기로 했다. 현실을 직접 마주하기가 겁났다. 시각 자료를 보고 나면 과연 내가 그 후폭풍을 감당할 수 있을지 두려웠다. 그렇지만 남편의 괴로움에 공감하고 그가 느끼는 죄책감을 함께 나누기로 마음먹었다. 마침 나도 호기심을 느끼고 있던 터라 우리가 채식을 시도한다면 지금이 적격이라는 생각이 들었다.

처음에는 고기를 먹지 않기로 했다. 흔히 먹는 소, 돼지, 닭고기 말이다. 생선과 달걀, 유제품은 전과 다름없이 먹기로 했다. 특히 달걀과 유제품은 디저트에 많이 쓰이기 때문에 쉽게 포기할 수가 없었다.

채식을 하기로 결정하고 요리를 하다 보니 평소에 우리가 육류를 생각보다 많이 먹고 있다는 것을 알게 되었다. 사실 고기 요리는 편하다. 채소는 질량에 비해 얻는 열량이 적고 맛있게 요리하기가 쉽지 않다. 물론 고기라고 쉬운 것은 아니지만, 어떻게 조리해야 할지 모를 때는 그냥 굽거나 양념 맛으로 먹으면 되기 때문에 훨씬 쉽게 느껴진다. 게다가 배도 쉽게 찬다.

그동안은 뭘 먹을지 고민이 되면 자연스레 고기를 선택했는데 이제부터는 생각이 조금 필요했다. 원래 알고 있던 요리에서 고기를 다른 재료로 대체해도 문제없는 것들은 의외로 많았다. 대신 단백질을 보충하기 위해 요리에 두부를 많이 이용했고, 밥도 콩을 넣은 잡곡밥으로 바꿨다. 전보다 생각할 것도, 준비할 것도 많았지만 덕분에 슈퍼마켓 가는 재미가 생겼다. 늘 같은 재료만 기계적으로 고르는 것이 지겨웠는데, 새로운 재료를 생각하다 보니 평소에는 무심히 지나치기만 했던 채소를 고르기도 하고 선반 위를 꼼꼼히 둘러보고 관찰하게 되었다. 그게 차츰 익숙해지자 조금 자신감이 붙은 우리는 달걀을 끊고 유제품도 두유와 귀리유로 바꾸어 한동안은 비건 식단을 체험했다.

채식을 하는 동안 사람들의 다양한 반응을 경험할 수 있었는데, 호기심을 보이며 긍정적인 반응을 내비치는 사람들도 꽤 있었다. 주변에 채식 인구가 적지 않고 환경과 지속 가능성이 화두로 떠오르며 자연스레 편견의 담이 허물어졌기 때문인 것 같다. 반면에 고기를 먹는 본인을 비난하고 있다고 여기거나, 채식을 하는 사람이 지적 우월감을 갖고 있다고 여겨 반감을 표현하는 사람들도 있었다. 같이 식사를 하던 사람들 중에는 고기를 주문하며 "미안한데 난 이거 먹어야겠어"라고 말하는 사람도 있었다. 미안하다는 말을 듣고자 한

건 아니었는데 말이다. 오히려 말을 꺼낸 쪽에서 기분이 상한 것처럼 보였다. 그 말의 숨은 저의가 무엇이었는지는 그날 식탁 위의 분위기로 짐작만 할 뿐이지만, 나의 채식이 왜 그 사람을 불편하게 만들었을까 생각해보게 되었다.

내가 채식을 선택한 이유는 앞에 앉은 사람을 비난하기 위함도 아니고, 그 사람을 채식주의자로 만들기 위함도 아니다. 나도 한때는 채식주의자들을 유난 떠는 별종들이라 생각했으니 그 반감의 근원을 어느 정도는 이해한다. 하지만 상대방이 어떤 사회적 문제에 대한 메시지를 강요받는다는 생각이 들었다면, 그래서 불편했던 것이라면 과도한 육식 뒤에 가려져 있는 거대한 어떤 문제를 어느 정도 인지하고 있다는 뜻은 아닐까? 아니면 그저 단순히 내가 '그런 것도 모르냐'며 본인을 나무라고 있다고 느꼈을까?

고기를 먹는 것에는 전혀 문제가 없다. 미안해할 이유도, 죄책감을 느낄 필요도 없다. 육류 역시 인간에게 필요한 영양소를 효율적으로 제공해주는 식재료이기 때문이다. 다만 현대의 과도한 육류 소비와 생산에는 명백한 문제점이 있고, 이를 직시할 필요는 있다고 생각한다.

지금은 더 이상 채식 식단을 유지하지 않는다. 영양소와 요리법에 대한 공부가 부족했던 탓인지, 어느 순간 요리에 지쳐 벽에 부딪힌 느낌을 받았다. 익숙한 맛을 좇다 보니 채식을 하는 동안 한식을 많이 해먹었는데, 핀란드에서 마땅한 재료를 구하는 게 쉽지 않아 한계를 많이 느꼈다. 여러 재료를 가지고 다양한 시도를 하기에는 조금 경직되어 있었던 것 같기도 하다.

'핀란드 친구들은 잘만 하던데, 그냥 내 의지가 부족한 걸까?'

채식을 더 이상 유지하기 어렵겠다는 생각이 들며 머리가 복잡해졌지만, 그만두기로 한 내 선택에 자책을 하거나 스트레스를 느끼고 싶지는 않았다. 가벼운 마음으로 채식을 선택했던 것처럼 흥미롭고 뜻깊은 경험으로 인식되었으면 하는 바람이 있었다. 채식을 지속하지 않는다고 해서 중도 하차를 했다는 패배감은 갖지 않기로 했다. 다만 그 뒤로 육류를 소비할 때 내가 기분 좋게 먹을 수 있는 양을 의식하게 되었다. 육류를 일상에서 완전히 배제하기는 쉽지 않지만 그양을 줄이는 것은 충분히 가능할 테니까.

누군가 나에게 채식에 관한 소감을 물어본다면 "재미있었어. 한 번쯤 해볼 만해"라고 이야기하고 싶다. 우리 손으로 준비하고 입으로 들어가는 식재료에 대해서 새로운 방식으로 생각해볼 수 있는 재미있는 경험이었다.

식물과는 달리 스스로 양분을 만들어내지 못하는 인간은 다른 동식물이 쌓아놓은 영양분을 가져다 섭취해 연명한다.

땅으로부터 물로부터 공기로부터 다른 동식물로부터 도움을 받아야 하는 우리가, 또 앞으로도 계속 그렇게 살아가야 하는 우리가 지속 가능함에 대해 생각하지 않는다면 누가 우리를 대신해서 고민해줄까.

채식 덕분에 환경에 대해 생각해볼 기회를 갖기도 했지만, 동시에 사람에 대해서도 많이 배운 것 같다. 우리 주변에는 다양한 이유로 특정한 음식을 먹지 않는 사람들이 많다. 단지 그것을 드러내느냐, 드러내지 않느냐의 차이일 뿐이다.

윤리적인 이유로 채식을 하는 친구들은 물론이고 질감이 싫어 덩어리 고기는 피하지만 다진 고기는 먹는다는 친구, 심한 알레르기 때문에 밀가루가 들어간 음식은 피하는 친구, 고기 맛이 싫어서 채식을 하는 친구, 종교적 이유 때문에 특정 육류를 피하는 친구, 탄소 발자국이 염려되어 핀란드 자국 내에서만 생산된 음식만 먹는 친구 등 저마다 자기만의 편식의 이유가 있었다. 그들은 덤덤히 자기가 처한 상황을 설명하며 생각을 나누었고, 나도 그들과 함께 밥을 먹으며 있는 그대로 받아들이는 법을 배울 수 있었다.

덕분에 내 생각을 가지고 대화를 나누는 과정에서 좋아하는 것은 좋아한다고, 싫어하는 것은 싫어한다고 말할 수 있는 자유는 늘 당연하게 주어지지 않고, 솔직한 내 생각을 표현함으로써 느끼는 기쁨은 매우 크다는 것을 알게 되었다.

풀떼기와 가짜고기

헬싱키 시내에는 '주키니zucchini'라는 식당이 있다. 각국 대사관과 법무부, 교통부, 환경부 등 주요 국가기관이 자리한 동네에 자리한 채식 점심 식당으로, 말 그대로 점심시간에만 문을 여는데 항상 발 디딜 틈 없이 손님으로 꽉 차 있다.

오래된 석조 건물 1층에 자리한 이 식당은 규모가 크진 않은데, 작은 실내 공간에는 커다란 테이블들이 남는 공간 없이 빼곡하게 들어 차 있다. 줄을 서서 메뉴를 정하고 계산을 하고 나면 직원이 카운터에서 바로 해당 음식을 건네주는 방식이다. 빠르게 먹고 직장으로 돌아가야 하는 사람들을 위해 고안된 방식으로, 직원들은 항상 말걸기 미안할 정도로 바빠 보였다.

주문한 음식을 기다리는 동안 누군가가 식사를 끝내고 자리에서 일어나주기를 바라며 간절한 눈빛으로 주위를 살피곤 했다. 보통은 서둘러 식사를 마치고 자리에서 일어나는 한 무리의 사람들이 있기 마련인데, 그렇지 않은 경우에는 양해를 구하고 아무 빈자리에나 가서 앉는 것이 이 식당의 규칙 아닌 규칙으로 통한다. 쭈뼛대며 머뭇거리다가는 그 빈자리마저 놓치거나, 가뜩이나 좁은 통로에서 오가는 사람들에게 방해만 되기 때문이다.

이 가게에서는 매일매일 바뀌는 수프와 오늘의 요리를 먹을 수 있는데, 정말 맹세하건대 여기서 내 생애 가장 맛있는 아스파라거스 수프를 먹어봤다. 그 뒤로 집에서 흉내 내보려 애를 써봤지만 재료만 아까웠다. 이 식당은 내가 채식을 시작하기 전에도, 또 그만두고 나서도 정말 좋아해서 종종 가곤 했다.

내가 정말 좋아한 음식이 또 있다. 바로 시금치로 요리한 네팔(인도) 카레다. 핀란드에는 유독 네팔 음식점이 많다. 전세계적으로 좀 더 알려진 인도 카레 식당은 보이지 않는 데 반해 네팔 음식점만 눈에 띄는 것이 참 특이하다고 생각했다. 그 뒤에는 음모론에 가까운 여러 가지 루머가 있지만, 1990년대에 헬싱키의 이태원에 해당하는 깔리오Kallio에 문을 연 네팔 음식점 하나가 핀란드 사람들 사이에서 크게 사랑을 받자, 그후 입소문을 타고 그 수가 급격히 불어나 인도 카레 음식점이 맥을 못 추게 되었다는 이야기가 가장 신빙성이 있다.

각종 향신료와 채소들을 넣어 만든 걸쭉한 카레는 춥고 건조한 핀란드의 기후와 잘 어울렸고, 혹독한 이국의 날씨에 몇 년째 이리저리 치이고 있던 나는 어느새 이 카레의 매력에 푹 빠졌다. 그중 내가 유독 좋아한 음식은 푹 익은 시금치와 치즈로 만든 카레 요리, 사그 파니르Sag Paneer였다. 닭고기나 양고기가 들어간 카레 말고 다른 게 먹어보고 싶어 메뉴판을 살피다가 조심스레 시도해본 요리였는데, 그 뒤로 어떤 네팔 식당을 가도 이 음식만 주문해서 먹었다.

세상에 이런 카레가 있다니! 내가 시금치를 이렇게 잘 먹을 줄이야! 고기를 넣지 않은 카레가 이렇게 맛있을 줄이야! 글을 써 내려가는 지금 이 순간에도 그 카레가 머리에 떠올라 먹고 싶다는 생각이 떠나질 않는다.

팔라펠falafel은 헬싱키를 떠나기 몇 해 전부터 유행의 급물살을 타기 시작했다. 중동에서 가장 보편적인 음식 중 하나인 팔레펠을 처음 알게 된 것은 미국의 유명 시트콤 〈프렌즈Friends〉에서 레이첼의 동생 에이미가 로스에게 했던 대사

"Did I buy a falafel from you yesterday?(내가 어제 당신에게서 팔라펠을 샀나요?)"를 통해서였다. 당시 화면이 팔라펠을 비춘게 아니라서 어떻게 생긴 음식인지는 확인하지 못했다. 팔라펠은 병아리콩을 갈아서 향신료, 채소와 함께 미트볼처럼 굴린 다음 튀겨서 만든 음식이다. 요거트와 매운 고추, 채소 등과 함께 피타 빵pita bread에 싸 먹거나 샐러드와 함께 먹기도 한다.

흔히 케밥과 피자는 유럽 관광지 어디를 가든 원산지의 전통이나 깊이와 관계없이 저렴한 길거리 음식 신세를 면치 못한다. 팔라펠도 그중 하나지만, 헬싱키에 '파파스Fafa's'라는 팔라펠 식당이 생기며 이 음식의 지위가 급격히 상승했다. 전 세계적으로 건강한 음식, 대체 음식, 채식에 대해 관심이 높아지면서 등장한 파파스는 깔리오 지역에 처음 모습을 드러냈다. 빠르게 튀겨내 빵에 싸서 먹기 때문에 패스트푸드라는 인식이 강하다는 점에 착안해 격식 없고 깔끔한 이미지의 브랜드를 만들어 유연하고 열린 사고를 가진 젊은 층을 중심으로 관심을 모으기 시작했다.

나보다 남편이 더 좋아한 이 식당은 길거리 음식이란 꼬리표를 떼어내지 못하던 팔라펠에 세련된 옷을 입히고 본래의 건강함을 드러낼 수 있도록 무대를 마련해주었다.

헬싱키미술대학 교내 채식 식당 킵사리에서는 재미있는

샌드위치를 만들어 팔았다. 비건 식단을 지킨 이 샌드위치에는 어묵처럼 생긴 말랑말랑한 덩어리가 들어 있다. 밀 글루텐으로 만든 세이탄seitan이라는 재료다. 누가 이름을 지었는지는 모르겠지만 작명 감각은 참 없다는 생각이 들었다. '세이탄'이라는 이름을 처음 들었을 때 입에 넣을 수 있는 음식이라고는 전혀 연상되지 않았기 때문이다.

세이탄은 밀 알갱이를 갈아서 물로 전분을 씻어낸 뒤에 얻을 수 있는 글루텐을 뭉쳐서 만든 식재료로, 주로 구워서 고기 패티처럼 만들어 먹는다. 꽤나 쫄깃해서 어묵이나 고기와 비슷한 질감을 갖고 있기는 하지만 맛은 전혀 다르다. 처음에 먹어보고 특별히 기억에 남을 만한 맛이 나지 않아 그저 두부라고 생각했다. 물론 빵도 아니고 고기도 아닌 묘한 질감 때문에 호불호가 갈릴 수는 있지만 채식 식단을 지키는 사람들 사이에서는 이미 꽤나 잘 알려진 양질의 단백질 공급원이라는 것을 알게 되었다. 인터넷을 뒤져보면 세이탄을 이용한 다양한 레시피를 찾을 수 있다.

예전에는 채식이라고 하면 '풀떼기'와 '콩고기'가 제일 먼저 떠올랐다. 추운 핀란드에서 생각만 해도 속이 차가워지는 샐러드와, 어딘지 모르게 구슬퍼 보이는 고기 부스러기 같은 식재료 말이다. 그래도 요즘은 가짜 고기에서 다양한 맛과 질감을 느낄 수가 있다.

최근 유명 패스트푸드 프랜차이즈 식당에서 이 가짜 고기를 넣은 햄버거와 샌드위치, 피자를 판매하는 시도를 하고 있다. 혼자 조용히 먹어야 할 듯한 이미지를 벗고 당당히 양지로 걸어 나온 가짜 고기는, 고기 패티를 생명처럼 여기는 버거 프랜차이즈에 그 모습을 드러내며 엄청난 진일보를 이루었다. 그리고 가짜 고기fake meat라는 말 대신 식물성plant based이라는 말을 쓰고, 임파서블 와퍼impossible whopper(버거킹), 얼터밋altermeat(써브웨이), 비욘드 피자Beyond pizza(피자헛, 미국 출시) 등 긍정적인 느낌을 주는 표현으로 대체되며 전에 없던 새로운 식재료임을 당당히 드러내고 있다는 점이 고무적이다.

물론 여전히 누군가는 "고기의 질감과 맛을 흉내 낸 재료에 불과해"라고 말할지도 모른다. 하지만 채식주의자뿐 아니라 모든 사람의 선택지에 식물성 고기가 등장했다는 것이, 공식 메뉴판에 당당히 이름을 올렸다는 그 자체가 대중의 인식이 많이 변화했음을 보여주는 증거가 아닐까.

쓰레기통을 뒤지는 사람들

헬싱키에 있을 때다. 하루는 충격적인 이야기를 전해 들었다. 헬싱키미술대학 학생들이 밤중에 슈퍼마켓 뒤편의 컨테이너 쓰레기통을 뒤져 먹을 만한 음식물을 골라내는 게릴라 행사를 하기로 했다는 것이다.

'아니, 왜? 도대체 왜? 진짜? 왜?'

상식을 한참 벗어난 것 같은 이야기에 경악과 동시에 의문이 든 것은 당연했다. 이 충격적인 행사의 이름은 '쓰레기통 다이빙Dumpster diving'이었는데, 그 이름은 그리 낯설지 않았다.

핀란드에서는 동네마다 정기적으로 길거리에 뚜껑이 열린 커다란 컨테이너 상자를 비치해둔다. 그러면 주민들은 이 상자 안에 평소 쉽게 처리하기 힘든 부피가 큰 가구나 가전제품, 주방용품, 의류, 장난감 등 다양한 생활용품들을 버린다. 이렇게 물건을 가져다놓는 사람이 있는 반면, 이 상자를 뒤져 물건을 가져가는 사람도 있다. 버려진 물건들이 쌓인 이 컨테이너에서 필요한 물건을 골라 가는 것을 쓰레기통 다이빙이라 부른다.

이 컨테이너를 뒤지는 것이 부끄러운 일이거나 흉을 볼 일은 아니다. 오히려 서로 얼굴 보기 힘든 이웃과 물건을 무상으로 거래하는 기회라고 생각하는 사람들도 있다.

핀란드 역대 대통령 중 가장 많은 사랑을 받은 타르야 할로넨Tarja Halonen이 약 10년 전 동네 컨테이너를 뒤져 냄비를 골라가는 모습이 카메라에 포착돼 국내외에서 화제가 된 적도 있다. 그런 만큼 쓰레기통 다이빙 자체가 그렇게 이상한 것은 아니다. 그렇지만 음식물이 든 컨테이너를 뒤지는 행사는 생소했다.

이 행사는 슈퍼마켓에서 매일매일 얼마나 많은 양의 멀쩡한 식재료가 음식물 쓰레기로 분류되어 버려지는지를 다 함께 알아보자는 취지에서 시작된 풀뿌리 운동이다. 귀중한 자원인 식재료의 상당량이 슈퍼마켓에 도달하기도 전에, 그리고 슈퍼마켓에서 버려진다는 이야기는 예전에 들은 적이 있다. 과일과 채소는 사람들이 선호하는 색상과 모양이 아닌 경우 판매 가치가 없다고 판단해 버려지고, 유통기한이 지난 음식은 안전 문제로 바로 폐기된다.

먼저, 이런 행사를 진행할 때 건강과 안전은 여러 번 강조해도 지나치지 않기 때문에 포장에 싸여 있는 제품, 포장이 훼손되지 않은 제품이 수거의 대상이었다고 한다. 학생들은 행사를 앞두고 슈퍼마켓 측과 미리 협의를 마친 상태였고, 덕분에 담당자로부터 상당량의 포장된 식재료뿐 아니라 신선한 식재료를 건네받을 수 있었다.

이렇게 수거한 식재료를 가지고 학생들은 모두 함께 음식을 만들었다. 음식의 조리법에 따라 식재료를 고르는 게 아니라 무작위로 수거된 식재료를 보고 요리법을 강구해내야 했기 때문에 상상치도 못한 재미있는 결과물이 만들어질 가능성이 활짝 열려 있었다. 마지막으로 완성된 음식을 나누어 먹으며, 학생들은 유통기한과 식재료 유통 시스템에 대해 자연스레 고민해볼 수 있었다.

이와 맥락을 같이하는 행사가 '오버 데이텀 이트클럽Over Datum Eetclub'이다. 이는 네덜란드 말로, 오늘날 영어에 많은 영향을 준 언어답게 약간 비틀어보면 얼추 뜻을 유추할 수 있다. 물론 행사의 내용을 알면 추측이 더 쉽다.

Over(네덜란드어) = Over(영어)

Datum = Date

Eet = Eat

뜻을 풀이하면 '유통기한이 지난 음식을 먹는 모임'이다. 다양한 분야에 몸담고 있는 보통 사람들이 함께 모여 예술과 과학을 탐구하며 사회적 문제에 접근해보자는 뜻에서 만든 네덜란드의 한 단체, 미디어매틱Mediamatic이 그 주최자다.

행사의 이름에서도 추측할 수 있듯이 앞서 이야기한 헬싱키미술대학 학생들의 쓰레기통 다이빙과 행사 내용은 비슷하다. 버려질 위기에 처한 식재료들을 모은 뒤, 참여자들이 다 함께 요리를 만들어 먹는 것이다. 아직은 섭취 가능한 음식물들이 유통기한 때문에 버려지고 있음을 알고, 이것이 야기하는 경제적·환경적 문제를 인지해 경각심을 갖자는 것이 이 행사의 주된 취지다.

행사의 취지와 내용에 관심 있는 시민이라면 누구나 참여가 가능하지만, 그러기 위해서는 두 가지 조건을 충족시켜야 한다. 첫째, 참여 희망자는 각 가정의 창고나 찬장, 냉장고에서 유통기한을 넘겼으나 상하지 않은 처치 곤란한 식재료를 하나 이상 가져와야 한다. 둘째, 요리사의 지휘에 따라 식재료의 껍질을 벗기거나, 썰거나, 다지거나, 섞는 등 요리 과정에 참여해야 한다. 버릴 요량으로 오래된 식재료만 슬쩍 놓고 사라지는 행동을 방지하기 위한 장치인 것 같다. 무엇보다 재료를 다듬고 자르고 볶는 과정에서 재료들이 얼마나 괜찮은지 눈으로, 코로, 손으로, 입으로 다 같이 알아보자는 의도가 담겨 있다.

주최 측이 슈퍼마켓에서 미리 받아 온 버려질 뻔한 채소와 허브, 참여자들이 집에서 가져온 각종 빵과 곡물, 채소, 과일, 밀가루, 향신료, 와인, 설탕, 견과류, 초콜릿, 식용유 등 실로 다양한 식재료가 한자리에 모였고, 사람들은 요리사의 지휘에 따라 저마다 맡은 일을 해냈다. 행사는 매번 다른 요리사의 진두지휘 아래 총 21회가 열렸다. 수프, 샐러드, 메인 요리에 디저트까지 그날그날 새로운 재료에 맞추어 요리사가 계획을 짜고 참여자 모두가 함께 요리한 뒤 다 같이 음식을 나누어 먹는 것으로 행사는 마무리되었다.

유통기한과 소비가 가능한 기한은 엄연히 다르지만 우리는 보통 유통기한에만 익숙하다. 유통기한은 유통업자가 해당 제품을 판매할 수 있는 법정기한으로, 실제 식품을 섭취할 수 있는 기한보다 다소 짧게 책정된다고 한다. 소비기한은 식품을 섭취해도 이상이 없다고 인정하는 최종시한으로, 대개 우리는 유통기한을 소비기한이라 착각한다. 둘 다 표기되는 일이 매우 드물기 때문에 일반 소비자가 알 도리가 없는 것은 당연하다.

식품 안전은 중요하다. 맛이 변했거나 이상한 냄새가 나거나 곰팡이가 자라고 있다면 당연히 그 식재료는 버려야 한다. 하지만 표기된 유통기한을 조금 넘겨도 괜찮은 식재료가 있다는 사실을 알 필요가 있다. 또한 자로 잰 듯한 엄격한 기준을 만족시키지 못하는 모양이나 색깔 때문에 식재료가 낭비되는 현대의 유통 시스템에 대해서도 다 같이 고민해보는 것이 앞으로의 자원 낭비, 에너지 낭비를 줄이기 위해 반드시 넘어야 할 산처럼 느껴진다.

오늘날 식품의 생산, 가공, 포장, 유통은 범세계적인 규모로 이루어진다. 핀란드의 카티아 가우릴로프Katja Gauriloff 감독이 만든 〈캔드 드림스Canned dreams〉(2012)라는 다큐멘터리를 본 적이 있다. 슈퍼마켓에서 미트볼이 담긴 토마토소스 통조림이 1유로가 채 되지 않는 가격에 판매되고 있는 것을 본 감독은 이게 어떻게 가능한지 궁금해서 생산과정을 역행하기 시작했고, 그 과정을 카메라에 담아 영상으로 제작했다.

통조림을 만드는 데 사용된 재료를 하나하나 따라가보니 어느덧 유럽과 아시아 대륙의 어느 농장과 도축장에 도착했고, 포장재인 깡통의 원산지인 남미의 한 광산에 가게 됐다. 거기에는 수많은 사람들의 삶과 애환이 있었다. 우리가 먹는 과자와 아이스크림도 크게 다르지 않았다. 제품 포장지를 확인해보면 말레이시아, 호주, 미국, 칠레, 멕시코 등 다양한 지역에서 많은 사람들의 손을 거친 결과물이라는 사실을 쉽게 알 수 있다.

그런데 그렇게 만들어진 음식이 쓰레기통으로 직행하고 있다. 음식을 버리는 행위는 경제적·환경적 문제인 동시에 윤리적 문제가 아닐 수 없다.

전통의 자격

나에게 가장 기억에 남는 여행을 꼽으라면, 결혼하고 1년이 되었을 무렵 시부모님과 함께 간 유럽 여행이 떠오른다. 우리는 차를 빌려 이탈리아 북부를 시작으로 프랑스 동부, 스위스 북부를 거쳐 독일에서 끝을 맺은 여행을 20일 동안 했다. 마침 여름의 초입이라 온도도 그리 높지 않고, 아침저녁으로 선선하고 낮에는 따뜻한 이상적인 날씨가 여행 내내 계속되었다.

프랑스 동북부의 소도시, 본Bonne에 머무를 때다.

주인이 직접 가꾸는 자그마한 포도밭에서 딴 포도로 와인을 제조한다는 와이너리winery 겸 숙박업소인 작은 고성에서 사흘 동안 머물기로 했다. 늦은 오후 숙소에 도착해 짐을 풀고 나니 슬슬 밥걱정이 되었다. 하지만 숙소는 도심에서 꽤나 떨어진 외곽의 조용한 시골 동네에 자리했기 때문에 주변에 식당이라고 할 만한 게 딱히 보이지 않았다. 다행히 숙소 주인이 5분 정도 떨어진 곳에 괜찮은 식당이 하나 있다며 소개해주었고, 우리는 지체 없이 그곳으로 향했다.

2차선 도로 옆에 덩그러니 있는 그 작은 식당은 특별할 것 없는 평범한 음식을 파는 곳이었다. 우리는 식당에 들어가 주문을 하고 우리 앞에 놓인 음식을 먹기 시작했다. 그런데 우리가 주문하지도 않은 음식을 직원이 식탁으로 가져왔다.

"아, 저 옆 테이블에서 여행객들에게 드리는 선물입니다."

고개를 돌려 바라보니 한 가족으로 보이는 사람들이 반갑게 인사를 건네며 말했다.

"한번 먹어봐요. 개구리 뒷다리입니다. 프랑스에 오셨으니 드셔봐야죠!"

개구리 뒷다리라니! 30여 년 전 초등학생 때 필독서나 다름없던 《먼 나라 이웃나라》를 통해 프랑스 사람들이 개구리 뒷다리와 달팽이를 먹는다는 것을 처음 알게 되었다. 어쩌다가 달팽이는 먹어본 적이 있는데, 개구리 뒷다리는 평생 먹을 일이 없을 줄 알았다. 그런데 이렇게 만날 줄이야.

접시 위에는 미니어처 닭다리처럼 생긴 허옇고 작은 뒷다리들이 잔뜩 쌓여 있었다. 충격과 호기심으로 혼란스러워진 표정을 감사의 미소로 재빨리 감추고 친절을 베푼 사람들에게 고맙다는 말을 전했다. 그러고는 접시를 향해 전투태세를 갖췄다.

우리 식탁에는 이 새로운 식재료를 앞에 두고 비장함마저 감돌았다. 맛은 의외로 평범했다. 생선과 닭의 중간쯤 되는 질감에 부드러운 맛이었다. 나쁘지 않았다. 다행히 못 먹을 정도는 아니었다. 알록달록한 피부나 물갈퀴 같은 것은 보이지 않아서 이게 개구리의 신체 일부라는 생각은 그다지 들지 않았다. 게다가 다리 하나하나 크기가 너무 작아서 손에 들고 살을 발라내야 했기 때문에 우리는 금세 분주해졌다. 기대에 차 반짝이는 눈으로 외국인들의 반응을 기다리는 그 친절한 가족에게 우리는 서둘러 적절한 반응을 보여줬다.

"맛있어요! 감사합니다!"

인류는 우리가 생각하는 것보다 더 오래전부터 개구리를 식재료로 사용해왔다. 영국의 스톤헨지Stonehenge 부근에서는 요리를 해먹고 남은 두꺼비 뼈의 화석이 발견되기도 했다. 아무래도 귀하게 여기는 가축으로부터 고기를 얻거나, 위험을 감수하고 커다란 야생동물을 사냥하기보다는 개구리를 비롯한 작은 몸집의 동물을 잡아먹는 것이 좀 더 수월했을 것으로 짐작된다.

개구리 뒷다리는 단백질과 비타민, 오메가-3의 훌륭한 공급원이다. 지금도 여전히 놀랄 만큼 많은 양이 프랑스 내에서 소비되고 있으며, 동남아시아와 미국도 적지 않은 개구리 뒷다리 소비국이라고 한다. 그렇다면 개구리 뒷다리 소비가 많은 프랑스에서는 개구리 양식이라도 하는 걸까? 사실상 프랑스는 자국의 개구리 수를 보호하기 위해 식용 개구리의 뒷다리를 동남아시아와 중동 등지에서 조달하고 있다고 한다. 어쨌든 '전통'이라는 이름으로 개구리 요리는 지금도 프랑스에서 사랑을 받고 있고, 그 수요를 충당하기 위해 다른 나라로부터 물자를 공급받기 바쁘다.

이쯤 되면 '전통이란 것은 뭘까' 생각해보게 된다. 무슨 수를 써서라도 전통은 지켜내야 하는 걸까? 유학 시절, BBC 뉴스에서 세계적으로 멸종 위기에 처한 고래를 사냥하는 것을 고발하며 이를 주요 기사로 다룬 걸 본 적이 있다. 그러자 포경을 하는 노르웨이와 일본을 비롯한 몇몇 나라가 이러한 여론에 부정적인 반응을 보였다. 당시 함께 뉴스를 시청하던 일본인 친구는 불만에 가득 찬 목소리로 말했다.

"저건 우리 전통인데 그걸 나쁘다고, 하지 말라고 말할 권리는 없다고 생각해."

음, 생각해볼 만한 문제다. 전통이라 불리려면 얼마나 오래되어야 할까? 오래된 관습과 풍습, 문화를 모두 전통이라 부를 수 있을까? 전통이라는 딱지가 붙으면 무엇이든 존중받아야 할까? 그리고 언제까지고 이어나가야 하는 걸까?

물론 몇십, 몇백 년 전부터 해당 산업에 종사하며 가족을 먹여 살린 사람들과 이들이 구축해놓은 산업의 생태계가 있을 것이다. 하지만 그렇게 전통으로 여겨온 것들 중에는 과거에는 흥했을지 몰라도 현대에 들어오며 지속하기 어려워진 것들도 있다. 사람들의 가치관이 바뀌면서 수요가 줄어들어 명맥을 잇기 어려운 경우도 있고, 기후변화와 환경오염으로 인해 동식물의 서식지가 다른 곳으로 옮겨가거나 개체수가 감소해 지속하기 어려운 경우도 있다.

최근 고래의 개체수가 급격히 줄어들고 있는 만큼, 이제는 모두가 고래를 보호 대상으로 인지해야 한다. 하지만 여전히 지역에 뿌리를 내리고 대대손손 관련 산업에 몸담아온 사람들은 쉬이 다른 곳으로 눈을 돌리지 못하고 줄어든 고래 대신 돌고래를 잡으며 문제를 더 키우고 있다. 전통이라 불리는 모든 것들이 영원히 이어질 수는 없다. 지속할 수 없음을 알면서도 쉬이 버리지 못하는 안타까운 속사정이 있겠지만, 언제까지고 억지로 이어 붙일 수는 없는 노릇이다.

우리나라에서도 홍합(지중해 담치)이 폐타이어에서 자란다는 뉴스를 여러 번 접했다. 그렇게 자라는 홍합은 폐타이어에서 나오는 온갖 오염 물질에 그대로 노출된다. 그렇게까지 해서 먹어야 하는 걸까 하는 생각이 절로 든다. 그렇게까지 해서라도 이어가야만 하는, 혹은 내가 함부로 이야기할 수 없는 어떤 사정이 있는 걸까? 사람에게도, 홍합에게도, 바다 생태계에도 좋지 않은 것을 언제까지 이렇게 계속해야 하는 걸까? 과연, 언제까지 자연이 사람에게 장단을 맞춰줄까?

단백질의 오늘

인간은 단백질을 얻기 위해 늘 고군분투해왔다. 대표적인 단백질로는 고기를 비롯해 유제품과 달걀 등이 있고, 콩과 두부, 귀리 역시 고단백 식품이다.

최근에는 좀 더 손쉽게 단백질을 섭취하고자 다양한 형태로 만든 단백질 가공식품들이 생산되고 있다. 특히 운동선수와 꾸준히 몸을 만들어야 하는 사람들에게 닭가슴살과 단백질 보충제는 없어서는 안 되는 필수 식품이 되었다. 운동에서 성과를 내기 위해선 근육량을 늘려야 하는데, 이 과정에서 고단백 식품인 닭가

습살을 억지로라도 섭취해야 하는 것이다.

이러한 고충을 겪고 있는 사람들은 닭가슴살의 퍽퍽하고 밍밍한 맛을 견디기 위해 다양한 요리법을 공유하기도 한다. 그중 가장 기억에 남는 것이 닭가슴살을 넣어 만든 셰이크다. 한 연예인이 방송에 나와 이야기하는 것을 보았을 때 처음에는 '저게 과연 인간의 음식인가?' 하고 생각했는데, 모든 것을 나노^{nano} 단위로 갈아 먹는 어린아이의 이유식이라 생각하니 위화감이 줄어들었다.

닭은 다리살, 돼지는 삼겹살, 소는 안심 등 고기의 종류마다 유독 인기 있는 부위들이 있다. 특히 우리나라 사람들의 삼겹살 사랑은 대단해서 국내 생산량이 소비량을 채우지 못해 미국과 독일, 칠레 등지에서 수입을 하고 있다. 참고로 미국 사람들은 닭가슴살이 큰 것을 선호해서 미국에서는 유독 닭의 가슴 부위를 키운다고 한다. 그게 키운다고 커지는 것도 참 신기하다. 마치 공산품처럼 말이다.

현대의 농산물과 축산물은 인간의 선택적 교배와 인위적 환경에 의한 결과물이지 결코 자연스러운 진화의 결과물이 아니다. 짧은 시간 안에 더 많은 생산을 하는 것이 과거부터 현재까지 이어져온 전 세계 농·축산업의 목표였고, 인류는 이를 100년도 안 되는 짧은 시간 안에 이루어냈다.

그럼 이쯤에서 문득 궁금해진다. 인기 있는 부위를 제외하고 그 나머지는 어떻게 되는 걸까? 우리나라 사람들의 삼 겹살, 목살 사랑은 타의 추종을 불허하는데, 이러한 현상은 코로나19 사태로 사람들이 집밥을 선호하면서 더욱 심화되 어 다른 부위들은 고스란히 육가공업체의 재고로 쌓이고 도 산 우려까지 커지고 있다는 기사를 읽었다. 문득 개구리도 궁금해진다. 사람들은 뒷다리만 소비하는데, 그렇다면 몸통 은 어떻게 되는 걸까?

얼마 전 〈백종원의 스트리트 푸드 파이터〉라는 프로그 램을 재미있게 보았다. 백종원 씨가 여러 나라를 돌아다니며 다양한 음식을 깊이 있게 소개하는 모습에 푹 빠져 시간 가는 줄 몰랐다. 아니, 그냥 음식을 너무 맛있게 먹는 모습을 감상 하느라 정신이 팔렸던 것도 같다. 물론 아이를 재우고 하루 를 마무리하며 녹초가 된 우리 부부는 맥주에 조미료 범벅인 과자를 씹으며 "맛있겠다!"를 연발했을 뿐이지만 말이다.

그 프로그램을 보면서 가장 인상 깊었던 점은 백종원 씨 가 내장 음식을 먹으러 다니는 모습이었다. 어느 나라, 어느 도시를 방문하든 내장 요리를 하는 식당을 찾아 맛있게 먹는 모습을 보여주었다.

과거에는 가축이 재산이었다. 혹여 도축을 해야 하는 일 이 생기더라도 모든 부위를 소비하기 위해 다양한 요리를 개 발했다. 요즘도 육류를 귀하게 여기는 일부 나라에서 부위마다 따로 값을 매겨 판매하는 것이 아니라, 내장, 뒷다리, 앞다리, 머리 등 모든 부위를 구분 없이 한데 모아두고 손에 잡히는 대로 집어 무게를 달아 판매하는 모습을 어느 다큐멘터리 영상을 통해 접했다. 깔끔하게 손질된 포장육을 슈퍼마켓 매대에서 집어 카트에 담는 데에 익숙한 나에게는 매우 인상 깊은 장면이었다.

특정 부위만 깔끔하게 잘려 포장된 고기들은 마치 공장 컨베이어 벨트에서 찍혀 나온 듯하여 살아 있는 동물이나 도축의 장면이 직접적으로 연상되지 않는다. 포장육을 구매함으로써 사람들은 생명을 앗아 육류를 소비한다는 불편한 감정을 덜 수 있게 되었다고들 한다. 그래서 현대인의 육류 소비량이 더 늘었는지도 모르겠다.

마트 수산 코너 수족관 앞에 서서 물고기들에게 반갑게 인사를 건네는 아이를 보며 복잡한 감정을 느꼈다. 그날 우리가 장 본 카트 안에는 내장과 머리가 제거된 토막 난 생선이 들어 있었다. 만약 마트 육류 코너에 살아 있는 소나 돼지가 전시되어 있다면 어떨까? 고기를 찾는 사람의 수가 눈에 띄게 줄어들까? 제발 저 불쌍한 동물들 좀 치워달라며 사람들이 항의를 할까? 물고기는 왜 전시를 하는 걸까? 깃털을 포함한 털을 가진 온혈동물들에게 우리는 친근감이나 동질감을 느끼는 것일까? 육류를 대하는 인간의 심리는 참으로 복잡한 것 같다.

만약 우리가 직접 동물을 도축하거나 주변의 가까운 누군가로부터 고기를 얻어야 한다면, 육류를 대하는 우리의 태도는 지금과 많이 다를 것이라 확신한다. 그리고 지금보다 훨씬 다양한 부위를, 다양한 요리로 먹는 분위기가 자연스럽게 형성될 것이다.

그러면 고기라는 식재료는 지금보다 조금 더 조심스레 다뤄질까? 하지만 그렇게 되면 고기 값이 비싸져 '고기를 먹을 수 있는 사람'과 '그렇지 못한 사람'으로 나뉘면서 고기의 빈부격차가 생기지 않을까? 가격이 오르고 육류 섭취량이 지금보다 줄면 그것 때문에 느끼는 불만족과 상실감이 더 클까, 아니면 과도한 육식으로 발생하는 각종 성인병이 줄어들어 모두가 건강해지며 만족감이 더 커질까? 아님 이도 저도 아닐까? 먹고산다는 게 갑자기 참 복잡한 일처럼 느껴진다.

단백질의 내일

육류의 공장식 생산이 가진 문제점이 공론화되며 몇 해 전부터 수면 위로 빼꼼 모습을 드러낸 대체 식재료가 있다. 바로 벌레와 배양육이다. 벌레는 실험실에서 키운 고기인 배양육과 함께 양질의 단백질을 얻을 수 있는 대체 식품으로서 관심을 받기 시작했다. 여러 국내외 매체에서도 흥미로운 소재로 이를 다루기 시작했고, 이런 기사에는 어김없이 적나라한 벌레 사진이 첨부되어 있다.

기사의 논조는 거의 대부분 "이거 고단백 식품이라

는데, 그래서 먹을 수 있겠어?" 하는 식이다. 얼마만큼 상용화 단계에 접어들었는지, 수요가 확실히 있는 것인지는 잘 모르겠지만, 상상력을 지나치게 자극하는 외형 때문에 관심은 확실히 받았다. 그 관심이 긍정적이든, 부정적이든 간에 말이다.

벌레를 먹는다는 게 그다지 새로운 것은 아니다. 우리에겐 번데기가 있기 때문이다. 초등학교가 아직 국민학교였을 때, 무상급식이라는 제도가 생기기 이전에는 도시락을 싸서 학교에 다녔다. 그 당시 도시락에 얽힌 이런저런 재미있는 기억이 많이 남아 있다. 그중 하나가 친구들과 도시락 반찬을 나누어 먹는 것이었는데, 메뚜기와 번데기를 반찬으로 가져오는 친구들도 가끔 있었다. 번데기는 길거리 포장마차에서도 파는 것을 본 적이 있었던 터라 그리 새롭지 않았는데 메뚜기 반찬은 정말 강렬했다. 빨간 고추장 양념 옷을 입은 작은 메뚜기들이 반찬통 구석을 차지하고 있었다. 그렇지만 그 메뚜기를 입에 넣어볼 용기는 없었다.

사실 나는 번데기도 못 먹는다. 무슨 이유에서인지는 모르겠지만 어릴 적 포장마차 번데기를 보면서 왠지 바삭바삭할 것 같다는 상상을 했다. 커다란 찜통에서 모락모락 수증기를 내뿜고 있는 것을 보면서도 말이다. 어느 날 잔뜩 기대하며 번데기를 호기롭게 입 안에 넣고 씹었는데 물컹거리는 느낌과 동시에 따뜻한 국물이 안에서 터져 나왔고, 그 순간 다시는 먹기 어렵겠다는 생각이 들었다. 트라우마라고 하기에는 조금 거창하지만, 오랫동안 상상해왔던 것과는 너무 달라 그 순간이 충격으로 남았다. 마치 모종삽으로 흙을 파다가 본의 아니게 지렁이를 두 동강 내버렸을 때라던가, 잠자리를 잡았다 놔주려고 하다가 실수로 몸통과 날개를 분리시켜버렸을 때와 비슷한 정도의 공포감이라고 할까.

식용 벌레는 한동안 떠들썩했는데 시각적 장벽 때문에 대중화되려면 아주 오랜 시간이 걸리거나, 더 이상 고기를 먹기 힘들고 식물성 단백질 또한 구하기 힘든 상황에 직면해야 찾게 되지 않을까 싶다. 유명한 고전 영화 〈빠삐용〉(1973)에서 주인공이 벌레를 잡아먹을 수밖에 없었던 상황에서처럼 말이다.

뉴스 기사를 통해 배양육을 처음 보았을 때 먹을 수 있는 음식이라고는 생각되지 않았다. 아마도 그 사진의 배경이 실험실이고, 고기 덩어리가 샬레 위에 놓여 있어서 더욱 그랬을 것이다. 배양육은 말 그대로 실험실에서 자란 고기 덩어리로, 동물의 깃털이나 털 혹은 몸에서 직접 근육세포를 채취해 그 속에서 줄기세포만 골라내 증식시키면 우리가 먹을 수 있는 고기가 된다. 단, 세포들이 잘 자랄 수 있도록 하려면 배양액과 같은 화학물질이 필요하다. 하지만 지금과 같이 생산량을 극대화하기 위해 축산 환경에서 쓰이는 각종 항생제를 생각하면 배양육이 더 위험할 것 같지는 않다. 현재 배양육이 실제 동물의 몸에서 잘라낸 고기 덩어리의 질감은 내지 못하지만 다진 고기의 형태로 먹기에는 적당하다고 한다.

아직 벌레나 배양육을 시중에서 쉽게 찾아볼 수는 없다. 하지만 현재의 농·축산업이 만드는 문제를 어느 정도는 완화시켜줄 수 있지 않을까 하는 기대를 받고 있다. 이것도 소비 인구가 많아지면 또 다른 문제를 만들어낼 테니, 사실 제일 좋은 것은 전 인류가 다 같이 고기 소비를 줄이는 것일 테다.

아주 솔직히 말해서 나는 벌레는 정말 먹고 싶지 않다. 제아무리 훌륭한 단백질 공급원이고, 현대 축산업이 가진 문제를 해결해준다고 해도 말이다. 하지만 지속 가능하지 않은 방식으로 육류가 계속 생산된다면 언젠가는 싫어도 벌레를 먹어야 하는 날이 올지도 모른다는 무서운 생각도 든다.

핀란드에서 지낼 때 슈퍼마켓에 가면 종종 울적해지곤
했다. 채소와 과일의 종류와 상태가 영 성에 차지 않았
기 때문이다. 물론 이는 상대적으로 온화한 기후와 삼
면이 바다로 둘러싸여 있는 지리적 조건 덕분에 먹거리
가 풍부한 나라에서 온 외국인의 의견일 뿐이다. 그 땅
에서 나고 자란 사람은 동의하지 않을 수도 있다(하지만
많은 핀란드 사람들이 동의한다).

핀란드 역시 발트해와 맞닿아 있지만 내륙 깊숙이
들어와 있는 만의 형태를 이루고 있기 때문에 바다는

움직임이 적고 염도가 낮다. 그런 데다 배를 이용한 해상무역의 비중이 높고 관광객을 실어 나르는 여객선들이 많이 다녀 발트해는 생각보다 훨씬 더 오염된 상태다. 무역선과 여객선들이 오랜 시간 동안 바다에 오물과 하수를 몰래 흘려보내왔다는 기사가 10여 년 전 핀란드에서 대서특필되기도 했다. 그 뒤로 관련 법이 만들어지기는 했으나 여러 국가를 거치는 배들의 경우 적용되지 않는 반쪽짜리 법이라 여전히 하수를 방류하고 있다는 의심을 사고 있는 것이 현실이다.

그래서인지 발트해에서 어업이 성행한다는 말은 들어본 적이 없다. 바다와 맞닿아 있는 도시임에도 불구하고 헬싱키의 슈퍼마켓이나 재래시장, 백화점 등에서 볼 수 있는 생선의 종류는 그리 다양하지 않다. 심지어 적지 않은 종류의 물고기들을 노르웨이로부터 수입하고 있다.

하루는 오징어가 너무 먹고 싶었지만 핀란드에서는 인기 있는 식재료가 아니다 보니 물에 한 번 씻어 얼린 듯한 오징어 몸통만 구할 수 있었다. 다리는 혐오 식품이기 때문에 취급하지 않는단다.

또 많은 양의 채소와 과일은 따뜻한 남쪽 나라, 이를테면 스페인, 이탈리아, 프랑스, 네덜란드(네덜란드도 제법 으스스하지만 핀란드보다는 따뜻하다) 등에 의존하고 있다. 핀란드에서 재배가 가능한 과일은 사과와 딸기 정도인데, 핀란드의 사과

나무는 접붙이기를 하지 않아 사과 알이 작고 수분이 적다. 대신 향기는 정신이 아득해질 정도로 좋고 산미가 강해 잼을 만들거나 파이에 넣기에 제격이다. 감자, 양파, 당근, 오이 등 기본적인 몇몇 채소를 제외한 나머지도 대부분 수입하고 있다. 몇 해 전부터 핀란드 내 토마토 생산량이 늘었는데, 이를 보고 한 핀란드인 친구가 말했다.

"이탈리아산 통조림 토마토가 훨씬 영양분이 많으니까 그거 먹어. 적어도 그건 진짜 햇빛을 보고 자란 토마토잖아."

핀란드에서는 부족한 일조량 탓에 몇몇 작물은 인공조명을 이용해 작물을 재배하고 있다. 토마토가 대표적이다.

어쨌든 한국 슈퍼마켓에 진열된 채소들을 전부 다 좋아하는 것도 아니고, 이름조차 모르는 것도 많지만, 그저 진열장의 푸르름과 그 다채로움을 보는 것만으로도 느껴지는 정신적인 충만함이 너무나도 그리웠다.

그런 핀란드 땅에 가을이 오면 어느 나라 부럽지 않게 식탁은 풍요로워진다. 핀란드의 가을 숲은 블루베리와 야생 딸기, 각종 버섯을 융단처럼 깔아두고 사람들을 유혹한다. 슈퍼마켓에는 이름도 모양도 생소한 각종 베리^{berry}와 버섯들로 가득하고, 길거리에도 이를 파는 가판들이 즐비해 있다.

슈퍼마켓에서 사 먹는 것으로만 사람들은 만족하지 않는다. 이 계절이 오면 남녀노소 할 것 없이 약속이나 한 듯 주섬

주섬 두꺼운 옷을 꺼내 입고 장화를 신고 손에는 바구니와 버섯을 떼어낼 자그마한 칼을 챙겨 숲으로 향한다. 물론 경험이 많지 않은 내 눈에는 사람들이 '무작정' 아무 숲이나 돌아다니는 듯 보이지만, 어렸을 때부터 부모와 할머니, 할아버지를 따라다니며 조기교육을 받은 핀란드 사람들은 보물들이 숨겨져 있는 장소를 찾아내는 저마다의 노하우가 있다.

버섯과 베리를 따기 위해 사람들이 숲으로, 들로, 때로는 습지로, 늪지로 뛰어든다. 그 어디든 발길이 닿는 곳으로 갈 수 있다. 제한이 없기 때문이다. 이는 '모든 이의 권리Every man's right'로 풀이되는 'Jokamiehen oikeudet(요까미에헨 오이께우뎃)'이라는 핀란드 법 덕분이다. 핀란드 땅에 있는 그 누구라도 자연을 누릴 권리가 있다는 뜻으로, 버섯 채집이나 하이킹, 수영이나 낚시 등의 활동을 하는 데 있어서 어디서든 그 자유를 보장받는다. 그것이 누군가의 사유지여도 말이다. 물론 타인을 불편하게 하거나 자연을 훼손하는 행동은 금지되어 있다. 법으로 지정해놓았을 만큼 핀란드가 자연과 사람의 관계를 얼마나 중요하게 여기는지를 짐작할 수 있다.

이 법을 등에 업고, 사람들은 개개인의 능력과 운을 발휘해 버섯과 베리를 찾으러 다닌다. 대중교통으로 가기 쉬운 곳들은 서두르지 않으면 다른 사람들이 따고 있거나, 이미 한두 차례 훑고 지나가 남아 있는 것이 별로 없는 경우가 많다.

이럴 때는 남들이 쉽게 찾기 어려운 곳으로 가야 한다.

한번은 핀란드인 친구 하리Harri가 버섯을 따러 가자며 우리 부부를 불러냈다. 하리가 끌고 온 차에는 바구니와 칼, 장갑 등 버섯 따기에 필요한 각종 도구가 구비되어 있었고, 가장 뒷자리에는 영민하고 아름다운 골든 리트리버, 오스까리Oskari가 타고 있었다. 우리 넷은 헬싱키를 벗어나 하리가 사는 에스포Espoo 시 어디쯤에 있는 고속도로를 달렸다. 한참을 달리다가 길옆에 난 작은 공터에 차를 세웠다.

"이쯤이었던 것 같은데. 전에 와본 적 있거든."

그 장소가 맞는지 영리한 오스까리가 이미 자리를 박차고 숲으로 내달렸다. 우리도 도구를 들고 비장한 몸짓으로 숲을 향해 걸었다. 그곳은 사람이 다닐 만한 길이 나 있는 숲은 아니었다. 하지만 전혀 험하지 않았다. 조금 걷다 보니 발밑으로 야생 블루베리와 버섯이 펼쳐졌다. 그 풍경을 보는 순간 감탄이 절로 나왔다. 나보다 열 배, 스무 배는 더 커 보이는 나무들이 풀숲에 적당한 그늘과 습도를 유지해 버섯이 자라기에 최적의 환경을 만들고 있었다.

블루베리 덤불은 숲 바닥을 덮고 있었다. 한 그루의 나무에 여러 개의 열매가 달려 있어 톡톡 따다 보면 시간 가는 줄 몰랐다. 또한 깐따렐리Kantarelli(영어로 샨타렐Chanterelle)라 불리는 버섯이 블루베리 덤불들 사이사이에 가득했다. 우리나라에서는 '꾀꼬리버섯'이라고 부르는 이 버섯은 한 번 맛을 보면 좀처럼 잊기 힘든 매력을 지녔다. 노란 겨자색의 버섯 갓이 물결치듯 구불구불한 모양이 마치 맨드라미꽃을 연상시키는 데다, 다른 버섯에서는 맡기 힘든 진하고 깊은 향이 뿜어져나왔다.

우리나라 슈퍼마켓에서 하얗거나 갈색 빛이 도는 버섯만 봐서 그런지 이 노란색의 화려한 버섯을 처음 보았을 때 의심의 눈초리를 거두기 어려웠다. 양송이처럼 재배하는 게 불가능해 야생에서만 채취할 수 있다는데, 그렇다고 그 귀하다는 송로버섯처럼 찾기 어려운 것도 아니다. 핀란드 전역에서 발견할 수 있는 버섯이지만, 사람이 직접 숲을 돌아다니며 따야 하기 때문에 다른 일반 버섯들과 비교하면 가격이 비싼 편이다. 그렇지만 가을이 오면 한 번 먹지 않고는 그냥 넘어가기 어려울 정도로 그 향과 맛이 매력적이다.

우리는 하리의 도움을 받아 깐따렐리와 비슷한 향을 지녔지만 좀 더 수수한 모양과 색을 띤 트럼펫 깐따렐리도 땄다. 느타리버섯과 비슷한 이 갈색 버섯은 버섯 갓 정수리 부분에 구멍이 뚫려 있는 것이 특징이다. 햇빛이 나뭇잎 사이로 반짝이는 울창한 숲속을 제 집 안마당인 양 뛰어노는 커다란 개를 배경 삼아, 우리는 한동안 굽은 허리를 펴지 못하고 자연이 준 선물을 거두느라 정신이 없었다.

그날 우리는 늦은 오후가 되어서야 집으로 향했다. 양 손 가득 블루베리와 버섯이 든 가방을 들고서 말이다. 탱글탱글한 깐따렐리를 직접 요리해보는 것은 처음이라 하리에게 작별 인사를 건네기 전 요리법을 물어봐야 했다. 하리는 말했다.

"특별한 재료는 필요 없어. 버터랑 크림이랑 소금, 후추만 있으면 돼. 버섯 그 자체로도 맛있거든."

서툰 솜씨였지만 원체 훌륭한 맛과 향을 가진 식재료이기 때문에 실패하기도 어려웠다. 그날 우리 부부는 버섯을 잔뜩 넣은 파스타를 해먹었다.

그 뒤로 가을이 오면 신선한 깐따렐리로, 가을이 아닌 계절엔 말린 깐따렐리로 자주 음식을 만들어 먹었다. 가을의 풍요가 걷히고 나면 춥고 긴 핀란드의 겨울이 시작되는데, 샛노란 버섯은 앞으로 닥칠 길고 긴 무채색의 시간을 위로해주는 듯해서 가을이 끝나갈 무렵까지 우리는 참 많이도 먹었다.

깐따렐리 버섯을 이용한 요리에는 특별한 양념이나 재료가 필요하지 않다. 적당히 달군 팬에 버터를 넣은 후, 흙먼지와 마른 나뭇잎을 잘 털어낸 버섯을 잔뜩 투하하면 된다. '아, 큰일 났다. 이거 너무 많은데…' 하고 겁이 난다면 오히려 적당한 양을 준비한 거다. 수분이 대부분인 버섯은 익으면서 그 부피가 허무할 만큼 줄어들기 때문이다. 그리고 찌개 요리가 그렇듯, 이 버섯도 시간이 지날수록 풍미가 깊어지니 한

솥 가득 끓여놓는 것도 좋은 방법이다.

버섯을 뒤적이며 볶다가 버섯에서 물이 흥건히 나오고 그 물이 많이 줄아들었다는 생각이 들면, 그때 크림이나 우유를 넣고 섞으며 끓인다. 크림을 넣어 걸쭉해지면 면을 넣고 파스타를 만들 수 있고, 우유를 섞으면 수프를 만들 수 있다. 소금과 후추는 취향대로 넣는다. 깐따렐리 버섯의 풍미는 다른 보통 버섯들과 비교해 매우 강하고 진한 편이기 때문에 파스타 소스를 만들 때는 크림이 조금 적어도 상관없다. 이 요리법은 말린 깐따렐리를 사용해도 동일하다. 다만, 버섯을 물에 충분히 불려두는 것만 잊지 않으면 된다.

숲까지의 거리

핀란드 서점에 가면 유독 버섯과 베리에 관련한 책이 많다는 걸 알 수 있다. 이 야생 식재료를 향한 핀란드 사람들의 사랑은 남다르다. 농경지로 쓸 만한 땅이 많지 않고 부족한 일조량과 낮은 기온에서 재배할 수 있는 채소와 과일은 한정되어 있다 보니, 예부터 애써서 키우지 않아도 때가 되면 야생에서 얻을 수 있는 식용 버섯과 각종 열매들이 마치 지난해를 잘 견뎌냈다는 의미에서 우리에게 주는 선물과도 같았을 것이다.

야생 베리는 그 종류도 참 많다. 블루베리는 물론

이고 라즈베리raspberry라 알려진 산딸기(핀란드에서는 그 울퉁불퉁한 모양 때문인지 '곰딸기'라 부른다), 링곤베리lingonberry, 야생딸기, 클라우드베리cloudberry 등 다양하다. 반짝반짝 투명한 구슬처럼 생긴 커런트currant도 있다.

이 가운데 핀란드 북쪽, 북극권 너머 습지나 늪지에서 자라는 클라우드베리는 핀란드에 와서 처음 본 베리다. 예쁜 귤색에 동화책 속 구름을 닮은 듯 몽실몽실 귀여운 외형을 가졌는데, 놀랍게도 된장 맛이 난다! 쓰고 시고 달고 어딘지 모르게 구리구리한 맛은 비타민제를 먹고 난 뒤의 느낌과 매우 비슷하다. 클라우드베리에 엄청난 양의 비타민C가 들어 있어서 그렇다고 한다.

버섯에 관한 책을 뒤적이다 보면 일단 그 다양함에 먼저 놀라고, 내 엉터리 판단력에 두 번 놀란다.

'이건 독버섯이 아닌 거 같은데?'

하지만 그건 어디까지나 내 생각일 뿐, 의외인 버섯들이 너무 많다. 색상과 생김새는 굉장히 얌전하고 소박해 보이는데 그 어떤 것보다 위험한 버섯들도 있고, 너무 화려하고 예뻐서 무서워 보이는 버섯 중에는 먹을 수 있는 것들도 있다. 결론은 내가 확실하게 아는 버섯만 따야 한다는 것이다. 조금이라도 긴가민가하다면 시도조차 하지 않는 것이 현명한 행동이다.

아이가 보는 동화책 중에 "버섯을 따러 갈 때는 어른과 함께 가세요" 하고 써 있는 대목이 있는데, 이는 틀린 말이다. 아무 어른과는 안 된다. 스스로가 잘 안다고 생각하는 어른은 화를 자초하기 쉽다. 버섯을 딸 때는 확실한 경험과 지식이 필요하다. 베리도 마찬가지다. 다 비슷비슷하게 까맣고 동그란 모양을 한 베리들 가운데 독을 품고 있는 것들도 수두룩하다고 한다.

야생에서 자라는 식재료를 재대로 배우고 채집하기 위해 숲을 공부하는 학교가 있다. 우리가 살던 아라비안란따 Arabianranta의 바로 옆 동네인 또우꼴라 Toukola에는 미취학 어린이들을 대상으로 하는 숲 어린이집이 있다. 비가 오든, 눈이 오든, 바람이 불든, 매일매일 밖에서 활동하기 때문에 방수 상하의와 장화가 교복처럼 필수다.

일반 어린이집에서도 영하 15도 날씨에 삽으로 눈을 퍼 담으며 매일 두 시간씩 바깥놀이를 하는 것이 보통이기 때문에 핀란드 사람들 입장에서는 이 숲 어린이집의 일과표가 전혀 무리가 없어 보일지도 모르겠다. 하지만 외국인인 나로서는 걱정이 되는 게 사실이었다. 다른 곳에서는 보기 힘든 아름다운 자연을 곁에 둘 수 있는 귀한 경험이라는 생각에 마음이 슬쩍 동하긴 했지만, 경험해보지 못한 것에 대한 무지와 두려움 때문에 우리는 결국 일반 어린이집을 선택했다.

한편, 어른을 위한 숲 학교도 있다. 아이의 어린이집 선생님이던 엠마Emma는 당시 헬싱키대학에서 유아교육으로 석사 과정을 밟고 있었다. 실습차 어린이집 선생님으로 일하게 되었을 때 마침 내 아이의 반을 맡았다. 실습이 거의 끝나갈 무렵 엠마와 제법 긴 대화를 나눌 기회가 있었는데, 그녀는 공부를 마치고 학위를 따면 숲 학교에 들어갈 계획이라고 했다. 숲 학교에서는 몇 날 며칠을 숲에서 지내며 밤을 무사히 날 수 있는 야영지를 만들고, 숲에서 음식을 얻는 법, 안전한 식수를 얻는 법, 첨단 기기의 도움 없이 길을 찾는 법, 응급처치 하는 법 등 생존을 위한 지식과 함께 자연에 대한 지식을 배운다고 한다. 나무와 이끼, 버섯 등을 구분하는 방법도 배울 수 있다면서 자연과 인간의 관계를 조금 더 이해하고 싶다는 바람을 내비쳤다.

핀란드는 국토 면적에 비해 인구가 적은 나라다. 첨예한 자연이 도시민들 가까이 있는 환경은 낮은 인구밀도 덕이기도 하겠지만, 동시에 보호와 보존을 잘해왔기에 가능하다. 가끔은 헬싱키가 한 나라의 수도라는 사실을 잊을 만큼 자연은 사람들과 가까이 있다.

우리가 헬싱키에서 마지막으로 살았던 동네 아라비안란 따는 바다와 강이 만나는 하구로 잘 알려진 철새 도래지다. 봄이 오면 어디선가 날아온 수천 혹은 그 이상의 기러기 떼가

집 앞 공원을 뒤덮고, 풀밭은 금세 아기 새들로 꽉 들어찬다. 물론 이들이 끊임없이 먹어대며 발 디딜 틈 없이 엄청나게 싸는 똥은 덤이다.

'어차피 다 풀이니 밟아도 괜찮다, 괜찮다….'

최면을 걸듯 되뇌며 무심해지려고 애써보지만, 가능하면 피하고 싶은 건 어쩔 수가 없다. 아무리 요리조리 발을 놀리며 피해도 신발 밑창 움푹 파인 골에는 초록색 마른 풀 덩어리가 껴 있기 일쑤였다. 그래도 풀과 물을 오가며 한 철을 보내고 가는 기러기 떼를 보고 있자면 마음이 편안해진다. 그리고 그곳에서 몇백 미터만 걸어가면 시에서 보호구역으로 지정해놓은 갈대 습지와 숲이 펼쳐져 있는데, 우리 식구는 각종 희귀한 새와 벌레, 동물들의 보금자리인 그곳으로 종종 산책을 가곤 했다.

핀란드 환경협회와 환경부가 함께 제공하는 지도 검색 웹사이트에 접속하면 정말 다양한 정보를 찾을 수 있는데, 특히 자연환경과 관련된 지도 정보가 알아보기 쉽도록 잘 정리되어 있다. 헬싱키 시 웹사이트에 다른 정보를 찾기 위해 접속했다가 제공된 링크를 통해 이 웹사이트를 우연히 발견했다. 처음에는 무슨 사이트인지 몰랐으나 곧 다양한 지도에 빠져 시간 가는 줄 모르고 살펴보았다. 이를테면 헬싱키 시에서 자라고 있는 나무, 이끼, 버섯 등의 종과 위치 등을 상세히 표기한 지도와 양서류, 파충류, 날다람쥐, 박쥐, 새, 여우 등 야생동물들의 서식지와 그들이 다니는 길목 등을 표시한 지도, 보호 숲과 습지를 기록한 지도 등 정말로 다양한 정보를 얻을 수 있다.

이 가운데 가장 인상 깊었던 것은 초등학교와 자연(숲), 그리고 공원과의 거리를 표기해놓은 지도다. 아이들 걸음으로 어렵지 않게 닿을 수 있는 최대 거리를 300m로 잡고, 시에 위치한 학교들과 숲과의 거리를 분석해 시각화해놓았다.

처음 이 지도를 우연히 찾고는 한동안 기분 좋은 충격에 휩싸였다. 그리고 솔직히 부러웠다. 그 자연이, 그것을 잘 정리해 대중에게 공개한 웹사이트가, 해당 지도가 가지는 가치에 합의하고 만들기까지 모든 과정에 뜻을 함께한 사람들이 말이다.

미나리와 파슬리

나이를 먹어도 입맛은 아직 어린애에 머물러 있는지, 나는 나물 반찬을 조금 겁내는 편이다. 고사리나 미나리와 같은 나물은 그리 어렵게 느껴지지 않는데, 두릅, 머위, 참나무, 취나물 같은 초록색 나물들에는 선뜻 손이 가지 않는다. 미나리도 처음엔 좋아하는 편이 아니었는데 오랜 타지 생활 중에 문득 쌉쌀한 맛과 향, 그리고 그 질긴 식감이 사무치게 그리웠다. 나름 비슷한 채소를 찾으려 노력하다가 우연히 신선한 파슬리 줄기에서 비슷한 맛이 난다는 것을 알게 되었다. 그 뒤로 한동안 파슬리를 즐겨 먹은 일을 계기로 미나리에 맛을 들였다. 한참 뒤에 알게 된 사실이지만 파슬리는 미나릿과 식물이라고 한다.

"해외에 사는데, 요리에 미나리 대신 파슬리 넣어도 되나요?"

인터넷에 검색해보면 이런 질문들을 어렵지 않게 찾을 수 있다. 미나리 대신 파슬리를 넣고 매운탕을 끓였다는 레시피도 보인다. 적지 않은 사람들이 고만고만한 고충을 안고서 이런저런 시도를 하다가 어떻게든 차선책을 찾아내 서로 닮은 결론에 도달한다는 것이 신기하다.

요즘 식탁 위를 보면 부모님 세대와 우리 세대 사이에 놓여 있던 어떤 다리 하나가 끊긴 것 같다는 생각이 든다. 이 나물은 언제 먹어야 맛있고, 어디에서 많이 나고, 어떻게 생겼고, 어떤 맛이 나고, 어떻게 요리하면 맛있는지 등 경험을 통해서만 체득할 수 있는 정보를 알기가 더욱 어려워진 것 같다. 인구의 절반 이상이 자연과 떨어져 도시에 살고 있으니 이러한 정보가 답습되기 힘든 것은 어찌 보면 당연한 결과다. 나 또한 도시에서 나고 자란 탓에 산과 들에서 자라나는 풀들을 봐도 그게 무엇인지 알아보는 것 자체가 불가능하다.

그러고 보면 핀란드의 블루베리와 깐따렐리 버섯은 참 쉽게 배웠다. 버섯은 치명적인 독 때문에 아무거나 함부로 따면 안 되지만, 화려하고 독보적인 생김새를 가진 깐따렐리 버섯

만큼은 한눈에 알아볼 수 있다. 나중에 안 사실이지만 핀란드에서도 과거에는 야생식물을 채집해 날것으로 먹거나 시금치처럼 데치거나 삶아 먹었다고 한다. 미나릿과의 한 종류인 방풍나물은 핀란드 땅에서도 자라는데, 어린잎의 경우 샐러드로 먹고 다 자란 잎은 데쳐서 먹었다고 한다. 하지만 현재 야생식물 채집 문화는 거의 사라지고, 상대적으로 쉬운 블루베리와 버섯 채취만이 그 명맥을 잇고 있다.

아마도 많은 나라가 비슷한 상황에 놓여 있을 것이다. 세계 인구의 다수가 도시에 몰려 있고 농업과 축산업에 종사하는 사람의 수는 점점 줄어들고 있으니 말이다. 세계 인구는 현재에도 계속 불어나 2060년이 되면 100억 명에 육박할 예정이라고 하는데, 사람이 이 행성의 모든 것을 먹어치우지는 않을까 싶어 가끔씩 다가올 미래가 두렵기도 하다. 그렇지만 당분간은 생산력에 큰 문제가 없을 거라는 글을 읽은 적이 있다. 농약과 제초제, 항생제, 그리고 병충해에 강한 종자 개량 기술 덕분에 농업·축산업·어업에 종사하는 사람의 수는 줄어들었음에도 생산량은 오히려 늘어났기 때문이다.

진짜 문제는 그렇게 얻은 음식을 낭비하는 시스템과 사람들의 행동에 있다. 한쪽에서는 생김새나 색상이 기준 미달이라는 이유로, 또 유통기한이 초과됐다는 이유로 충분히 먹을 수 있음에도 음식물이 폐기되고 있는 데 반해, 다른 한쪽에서는 하루하루 식량이 모자라 힘겨워하고 있다. 게다가 수 많은 사람이 섭취할 수 있는 옥수수와 콩을 고기를 얻기 위해 소에게 먹이고 있다. 현재 지구상에서 농경지의 상당량은 사 람이 아니라 가축에게 먹이기 위해 존재한다. 결정적으로 옥 수수와 콩은 소의 소화기관에 맞지 않아 각종 질병을 일으키 고, 이 병을 치료하기 위해서는 항생제를 비롯한 각종 약을 소에게 사용할 수밖에 없다.

가축에게 먹일 작물을 키울 밭을 만들기 위해 아마존 우 림이 훼손되고 있다는 소식은 이미 너무 많은 매체를 통해 소 개되었다. '아마존 밀림 파괴를 막아주세요'라며 서명을 하고 항의 메시지를 보내는 운동을 꾸준히 펼치고는 있지만, 안타 깝게도 파괴를 막을 수 없을 것 같다는 비관적인 생각이 앞선 다. 비효율적이고 비이성적인 시스템을 무리해서 돌리면 결 국 피해를 보는 것은 우리 자신인데 어째서 이를 지속하는 것 일까? 인간은 이성과 지혜의 동물이라고 하는데 어불성설이 다. 가끔은 인간이 종교를 가지는 이유가 절대적 존재를 믿 음으로써 우리 스스로 불완전하고 비이성적인 행동을 계속 이어가기 위한 구실을 만드는 것은 아닐까 생각한다.

"지천에 깔린 게 먹을거리인데, 이 사람들은 이런 거 안 먹나봐. 아까워라."

핀란드 여행을 오신 시어머니가 동네 산책을 나갔다가

길가에 자라난 풀들을 보고 하신 말씀이다. 까막눈인 나는 그냥 잡초겠거니 생각하고 눈길 한번 주지 않았던 풀들이다. 다른 유럽 국가들뿐 아니라 핀란드를 여행하는 한국 단체 관광객들이 길가나 공원 등지에서 자라고 있는 쑥이나 민들레 등을 잔뜩 뜯어 갔다는 이야기는 종종 들어왔다. 그렇게 뜯은 풀들을 식당이나 호텔에서 고추장에 찍어 먹으며 기름지고 느끼한 음식을 소화하느라 며칠 사이에 생겨난 고국 음식을 향한 향수를 달래는 것이다.

처음 그 이야기를 듣고 적잖이 당황했다. 도로변에서, 공원에서 주변을 감상하다 말고 풀밭에 주저앉아 정체 모를 풀들을 뜯고 있을 한 무리의 이방인들을 상상하니 아주 솔직하게 말해 부끄럽다는 생각도 들었다.

'아니, 왜 먼 곳까지 관광을 와서 그러지?'

관광객으로서 지켜야 할 품위에 어긋나는 행동이라고 여겼다. 고성방가나 노상방뇨까지는 아니더라도 적잖이 불쾌감을 주는 행위라고 생각했다.

지금은 그렇게 생각하지 않는다. 핀란드의 법 '모든 이의 권리'를 몸소 실천하는 행동임을 깨달았기 때문이다. 타인에게 피해를 주지 않고 환경을 훼손하지 않으면서 자연이 주는 것들을 기꺼이 누리는 것이 잘못된 일은 아니니까 말이다. 오히려 풀숲에서 나는 것들을 제대로 알지도 못하고 마트에서 떠먹여주는 것만 받아먹는 내가 나약하게 느껴진다.

전투적 딸기

식물이 싹을 틔우고 꽃을 피우고 열매를 맺는 과정을 머릿속에 그려본다. 식물이 자라나는 걸 보면 너무나 고요해서 이 과정이 평화롭게만 느껴지지만, 스스로 동력을 갖지 못한 식물이 뿌리를 내리는 일은 사실 목숨을 건 모험이나 다름없다. 자신의 의지와는 상관없이 정착한 자리에서 조금이라도 더 비옥한 흙에 닿기 위해 손톱보다 작은 씨앗에 비축해놓은 영양분을 사용해 뿌리를 내리고, 조금이라도 더 햇빛을 받기 위해 잎사귀를 배치한다. 주변 식물들과의 치열한 경쟁 속에서 운이 좋아 적당한 크기로 성장하면 꽃도 피우고 열매도 맺는다. 하지만 이 모든 과정은 우리가 생각하는 것보다 훨씬 더 어려울지도 모른다.

헬싱키에서 우리가 살던 동네에 건물이 들어서지 않고 오래도록 공터로 남아 있는 땅이 있었다. 이곳을 동네 사람들이 합심해 도시 농장으로 탈바꿈시켰다. 약 400~500제곱미터에 달하는 부지에는 가로, 세로 각각 1m, 높이 40cm 정도의 나무 상자가 군데군데 놓여 있었다. 도시 농사에 참여하고 싶은 사람들은 등록 절차를 거친 후 비어 있는 상자에서 원하는 식물을 키울 수 있었다. 상자 안에서는 호박, 고추, 양파, 파, 토마토, 딸기 등 다양한 작물들이 자라고 있었는데, 지나다니는 길에 이를 감상하는 소소한 재미가 있었다.

시간이 지나면서 초록색이던 토마토가 빨갛게 익어가고 커다란 호박은 더욱 커다래졌다. 내 키만큼 자란 해바라기는 커다란 얼굴을 활짝 피웠다. 헬싱키에서는 꿀벌보다 털이 잔뜩 뒤덮인 오동통한 호박벌이 훨씬 자주 눈에 띄는데, 혹독한 겨울을 어떻게 났을지 궁금한 이 귀여운 호박벌들과 나비들이 상자 위를 분주히 날아다녔다.

우리 가족도 이곳에서 농작물을 키워보기로 했다. 농장 사용에 관한 방법과 규칙을 듣기 위해 주민 한 분을 만나 뵈었다. 농사에 관해 아무런 지식도 경험도 없어서 일단 키우기 쉽다는 당근과 상추로 시작해보겠다고 얘기하며, 아이가 딸기를 너무 좋아해서 다음번에는 딸기에 도전해보고 싶다고 했다. 그러자 그분이 "아! 마침 내 상자에 딸기나무가 있는데, 조금 나눠줄게요. 그걸로 시작해봐요. 어차피 상자 밖으로 나온 것들은 처치 곤란이거든요"라며 선뜻 제안하셨다. 우리는 쾌재를 부르며 땅에 닿아 뿌리를 내리려고 하는 잎사귀 달린 줄기를 조심스레 잘라 우리 상자에 옮겨 심었다. 그분이 한 가지 조언을 해주셨다.

"올해는 아마 딸기가 열리지 않을 거예요. 딸기는 보통 새로 옮겨 심으면 뿌리를 내리고 뻗어나가는 데에 온 에너지를 쏟거든요. 아마 내년이 되어야 제대로 된 수확을 할 수 있을 테니 너무 실망하지 말아요."

그 후 우리가 한 일이라고는 매일매일 흙의 상태를 확인하고 건조해지면 물을 주는 것밖에 없었다. 수확을 기대하지 말라는 이웃의 조언 덕분에 딸기가 자랄 기미가 보이지 않아도 마음 졸이지 않을 수 있었다. 오히려 무서운 기세로 줄기를 뻗고 뿌리를 내리고 이파리를 만들어내는 딸기나무의 기세에 눌린 기분이었다.

일조량이 적고 기온이 낮은 핀란드의 식물들은 짧은 여름에만 넘치게 쏟아지는 햇빛을 최대한 이용하는 법을 터득했다. 마치 죽은 듯 앙상한 나뭇가지만 뻗고 있던 나무들은 봄이 되면 무서운 기세로 이파리를 틔우고, 여름 내내 지지 않는 햇빛을 잠도 자지 않고 끌어안은 뒤, 가을에는 미련 없이 이파리들을 재빨리 떨구었다.

핀란드 땅에서 자라는 딸기도 그런 처세술을 익힌 듯했다. 연약해 보이기만 하던 딸기 잎사귀는 우리의 노파심을 비웃 듯 순식간에 상자 하나를 뒤덮었다. 수확이 아주 없지는 않았다. 정신없이 영역을 확장하는 가운데 하얀 꽃 몇 송이가 피었고, 호박벌이 다녀갔는지 어느새 꽃잎 사이에는 아주 조그만 연두색 딸기가 귀한 자태를 드러냈다.

그해 총 네 개의 딸기를 수확할 수 있었고, 이는 모두 아이의 차지가 되었다. 상자 옆 풀밭에서 자란 달콤하고 아주 작은 야생 딸기는 덤이었다. 아이의 입 속으로 사라지는 딸기를 보며 많은 생각을 했다.

현대의 농작물들은 이미 오랜 옛날부터 사람의 입맛에 맞게 선택되어 의도적으로 만들어지고 가꾸어진 것들이다. 본능에 따라 뿌리를 내리고 줄기를 뻗고 잎을 만든 뒤, 그로부터 모은 에너지로 꽃을 피워내 열매를 맺고 씨앗을 퍼뜨린다. 새나 토끼가 열매를 먹으면 그 씨앗을 이리저리 퍼뜨려주겠지만, 사람이 소비하면 변기나 쓰레기통이 그 종착지가 될 것이다. 딸기나무가 한 해를 버텨 만들어낸 에너지의 결정체가 형체를 알 수 없는 오물들과 뒤섞여 썩는 걸 상상하면 괜히 미안해진다.

인간은 오랜 시간 실패와 착오를 거듭하며 성실하게 논밭을 일궈온 영리한 농사꾼이지만, 문득 식물의 생각이 궁금해진다. 주어진 상황이야 어찌되었든 간에 그토록 짧은 여름 한철, 자신이 해야 할 일을 기어코 해내고 만 딸기나무를 보며 코끝이 찡해졌던 것 같기도 하다.

뚜껑을 열자

2015년 여름, 우리 세 식구는 남편의 일 때문에 한 달 동안 영국에 머물러야 했다. 우리가 지내게 될 곳은 런던에서 동쪽으로 한 시간가량 차로 이동하면 나오는 에섹스Essex주의 콜체스터Colchester라는 작은 도시였다.

이전에 내가 경험해본 영국은 수도 런던의 복잡한 관광지 중심이었다. 아는 것도 없고 입도 벙긋 못하던 20대 초반, 패기와 체력만 믿고 15킬로그램짜리 배낭을 짊어지고 친구들과 배낭여행을 했다. 투숙객이 바글바글한 한국인 대상 민박집에서 불편한 잠을 자고 차비와 식비를 아끼고 하루에 몇 킬로미터씩 걸으며 겪은 관광 성수기의 런던은 축축하고 차가운 회색빛에 가까웠다. 그때는 여행을 할 때 그렇게 꽉 찬 배낭을 메고 반드시 여러 나라를 돌아다니는 빠듯한 계획을 세워야 하는 줄 알았다. 고생을 하기는 했지만 돌이켜 생각해보면 어렸기 때문에 가능했던, 다시는 못 할(안 할) 소중한 여행이었다.

나와 남편은 미리 에어비앤비를 통해 막 돌이 지난 아이와 한 달을 생활하는 데 적합해 보이는 가정집을 빌렸다. 출발 당일 아이 유모차와 한 달짜리 짐을 바리바리 싸들고 콜체스터에 도착했을 때, 나는 이미 녹초가 되어 있었다. 감사하게도 우리를 마중 나온 집주인의 차를 타고 가정집들이 즐비해 있는 골목길을 돌고 돌아 어느 2층집 앞에 도착했다. 막상 집을 보니 내가 이전에 체험했던 영국과는 또 다른 영국이 보여 설레었다.

1층에는 주방과 서재, 2층에는 침실과 욕실이 있었다. 우리 세 식구가 한 달을 보내기에 충분하고도 넘치는 공간이었다. 가장 마음에 들었던 부분은 주방에서 바로 보이는 작은 정원이었다. 정원 가꾸기를 좋아하는 나라의 시민답게 집주인도 정원에 꽤나 공을 들인 듯 보였다. 솜씨가 없어서 엉망이라고 말했지만, 키우기 쉽다는 선인장도 죽이는 나로서는 정말 대단해 보였다. 아마도 자기 비하의 농담을 일상적으로 즐기는 영국 사람 특유의 인사치레가 아니었을까 이제 와 생각한다.

마당에는 이름 모를 온갖 꽃과 나무가 자라고 있었고 벌과 나비는 분주했다. 이제 막 돌 지난 아이와 씨름을 하다가 기도 안 차는 변덕을 부리는 영국의 날씨를 온몸으로 맞고 있는 정원을 바라보면서 마음에 위안을 얻을 수 있었다.

집주인이 이 집을 소개하며 해준 말이 있다.

"이 집에는 콤포스터(음식물 퇴비기)가 있으니까 궁금하면 사용해봐요. 소금 간을 하지 않은 것들을 넣으면 돼요."

짙은 초록색 플라스틱으로 만든 콤포스터는 집으로 들어서는 현관문 옆 화단에 설치되어 있었다. 콤포스터를 실제로 본 건 처음이었다. 과일 껍질이나 양파 껍질, 토마토 꼭지 등 채소와 과일을 먹기 좋게 다듬는 과정에서 나오는 잔여물들을 넣어 썩힐 수 있었다. 그럼으로써 음식물 쓰레기를 줄이고, 만들어진 퇴비로 뒷마당에 심긴 꽃들을 가꿀 수도 있다. 이 얼마나 아름다운 균형인가! 건강한 발상이라는 생각에 절로 감탄이 나왔다.

하지만 감탄은 감탄일 뿐, 그때의 나에겐 콤포스터의 뚜껑을 열어볼 용기가 없었다. 뚜껑을 여는 순간 정체 모를 벌레가 튀어나올지도 모른다는 두려움과, 굳이 부패 과정에 있는 음식물을 보고 싶지 않은 마음이 컸다. 결국 나는 모든 음식물 쓰레기를 뒤섞어 버리는 쪽을 선택했다.

그렇게 한 달 동안 우리가 만들어낸 음식물 쓰레기는 아마도 집주인이 같은 기간 동안 배출한 쓰레기의 서너 배에 달하지 않았을까 생각한다. 음식물 쓰레기를 담아 수거일에 맞춰 내놓을 수 있는 통이 있었으나, 그 크기가 너무도 작았다. 우리 식구가 2주 동안 만들어낸 쓰레기를 겨우겨우 담을 수 있었는데, 도대체 식구 수가 많은 집들은 어떻게 감당하는지 궁금할 정도였다.

음식물 쓰레기 수거는 자주 있는 일은 아닌 듯했다. 우리가 그 집에 머무는 동안 음식물 쓰레기 수거차가 딱 두 번 집 앞을 지나갔으니 2주에 한 번꼴인 셈이다. 마당이 없는 아파트의 경우에는 조금 더 자주 수거해 가는지 모르겠으나, 우리가 머물렀던 마당이 있는 집들은 콤포스터 사용이 보편적인 것 같았다. 시 웹사이트를 살펴보니 콤포스터를 사용해 음식물 쓰레기를 줄이는 일을 적극 권장하고 있었다. 그 밖에도 일상생활에서 어떻게 음식물 쓰레기를 줄이는지, 콤포스터에는 어떤 것을 넣을 수 있는지, 콤포스터에는 어떤 종류가 있는지 등의 정보를 상세히 제공하고 있었다.

그곳에 머무는 한 달 동안 썩어서 퇴비가 될 수 있는 음식물들을 그렇지 않은 음식물들과 한데 섞어서 버렸다. 지금 돌이켜보면 참 무지하고 어리석은 짓을 했다는 생각이 든다.

만약 다시 그때로 돌아간다면 눈을 질끈 감고서라도 콤포스터 뚜껑을 열어 음식물을 던져 넣었을 것이다.

두려움도 있었지만 솔직히 말해 귀찮은 이유가 컸다. 당시 나에게는 당장의 귀찮음을 넘어설 만큼의 문제의식은 없었다. 요즘도 금세 가득 차버리는 음식물 쓰레기통을 보며 퇴비가 될 만한 것들과 그렇지 않은 것들을 나누어 버릴 수 있으면 좋겠다는 생각을 가끔씩 한다. 혹은 그게 가능한 환경, 단독주택에 살면 좋겠다는 생각을 한다. 남편이 어릴 적에는 시어머니가 음식물을 모아 퇴비를 만들어 상추를 키우셨다고 한다. 당시 남편은 집에서 콤포스터로 쓰던 고무대야의 뚜껑을 열 때마다 풍기는 지독한 악취 때문에 진저리를 치면서도, 그와는 별개로 맛있는 상추를 자주 먹을 수 있어서 좋았단다.

요즘은 밀폐력이 좋아 냄새가 덜 나는 콤포스터들이 시중에 많이 나와 있다. 나와 남편은 언젠가 우리가 살게 될 집을 짓고 싶다는 이야기를 예전부터 종종 하곤 했다. 만약 정말 그렇게 된다면 그때는 작은 콤포스터를 하나 정원에 놓고 싶다. 그래서 우리가 먹을 상추에 퇴비로 뿌려주고 싶다. 아이를 위해 딸기를 심어야 할지도 모르겠다. 그때가 되면 이미 다 자란 성인이 되어 있겠지만, 그래도 딸기는 여전히 좋아하겠지.

기찻길 옆 온실

헬싱키에서 자전거는 우리 식구의 주요 교통수단 중 하나였다. 아이는 두 돌을 넘기기 전부터 남편의 자전거 앞에 설치한 유아용 의자에 실려 다녔는데, 남편은 몸집이 작은 아이를 양팔 안에 두고 같이 노래를 부르며 달리는 게 가장 행복하다고 했다. 아이의 몸무게가 늘어나며 자연스레 뒷자석으로 자리를 옮기는 순간 남편은 아쉬움을 감추지 못했다.

내 몸뚱어리 하나 간수하기도 버거운 나는 혼자 타고, 아이와 남편은 나란히 같이 타고, 이렇게 우리 셋은 여기저기 참 많이도 다녔다.

그중 '깐또뽀우따Kaantopöytä'는 우리가 자전거로 종종 가던 장소다. 대중교통을 이용할 수도 있었지만 가까운 거리에 비해 여러 번 갈아타야 해서 이곳에 갈 때면 자전거를 이용했다.

깐또뽀우따를 영어로 옮기면 턴테이블turntable, 우리나라에서는 '전차대'라고 불린다. 말 그대로 철도의 방향을 바꾸는 커다란 판이 바닥에 설치되어 있는 곳이다. 물자를 실어나르던 항구와 연결되어 있는 철로는 핀란드에서 중요한 운송로였다. 과거에 쓰이던 증기기관차들은 기차의 앞과 뒤가 분명히 구분되어 있어 임의로 방향을 바꾸어주지 않으면 원하는 쪽으로 운행하는 데 어려움이 있었다. 그래서 조종칸 부분만 따로 떼어 전차대 위에 세워두고 빙글빙글 돌려 원하는 방향으로 머리를 향하게 만들어주었다. 요즘 기차는 애초 양방향으로 움직이도록 제작되기 때문에 이제는 전차대의 기능이 사실상 유명무실해졌다.

헬싱키의 전차대 역시 사용하지 않은 지 오래되어 보였고, 그 주변의 창고와 정비소들도 굳게 문이 닫혀 있었다. 그중 하나는 실내 암벽등반을 할 수 있는 체육관이 들어와 운영 중에 있었다. 지금은 사용하지 않아 녹슨 철로 위에는 오래된 기관차들이 그대로 정차되어 있어 마치 야외 박물관을 연상시켰다.

아이는 이곳에서 온갖 종류의 기차를 보는 것을 좋아했다. 도심 한복판임에도 불구하고 오래도록 공터로 남아 있었던 탓에 부지 전체가 이름 모를 풀들로 가득했지만, 을씨년스럽다기보다는 평온해 보여서 묘한 감상에 젖게 만들었다.

그 장소가 특별한 이유가 하나 더 있다. 바로 헬싱키의 도시 농부들이 모이는 곳이기 때문이다. 저 멀리 복작이는 시내가 사방으로 보이는 이 공터에는 낡은 철로와 갈색 벽돌 정비소들을 배경으로 온실이 하나 덩그러니 서 있다. 딱히 주인이 없어 보이는 이 온실 안에는 잘 가꿔진 오이, 토마토, 호박, 당근 등 각종 채소들이 자라고 있다. 이 장소는 핀란드의 환경단체 도도Dodo가 도시 농사를 짓거나 도시 농사에 관심이 있는 사람들을 위해 만든 공간이다.

도도는 도시에서 농사를 지어보고 싶어 하는 초보 농부들이 쉽고 재미있게 농사를 시작할 수 있도록 기본적인 정보와 물품을 지원하고, 농작물의 특성에 관한 상담과 교육 프로그램을 제공한다. 도시 농사의 긍정적 효과와 중요성, 도시 양봉의 효과와 중요성, 음식 생산 활동과 환경 개선과의 상관관계 등 다양한 강연과 함께 도시 농사 방법, 도시 양봉 방법, 건강한 빵을 만드는 방법, 발효 저장 채소 만드는 방법 등 워크숍도 지속적으로 기획해왔다.

도시 농장의 중요성은 오래전부터 대두되어왔다. 음식 소비는 많지만 자연스레 생산으로부터 멀어진 도시 사람들은 식재료의 가치를 잊고 살기 쉽다. 개개인이 농작물을 재배해 자급자족하게 되면 농장에 경제적 해를 끼치지 않겠느냐는 우려도 있지만, 거시적 관점에서 보면 농사와 식재료에 대한 도시민들의 전반적인 관심과 이해도가 높아지고 농업에 대한 인식을 전환할 수 있는 계기가 될 수도 있다. 게다가 무너진 도시 생태계를 재건하고 건강한 식습관을 만드는 데에도 영향을 줄 수 있을 터다.

도시 양봉도 도시 생태계를 살리는 데에 효과적이다. 환경오염과 기후변화, 무분별한 제초제의 사용으로 벌의 서식지가 파괴되면서 전 세계적으로 벌의 개체수가 줄어들고 있다. 도시 역시 점점 비대해지고 높은 인구밀도 때문에 오염도가 갈수록 심화되어 도심에서 벌을 만나기가 쉽지 않다. 나를 언제 공격할지도 모르는 무서운 곤충이 사라져 걱정거리가 줄어들었다고 여길 수도 있지만, 이는 인간의 식량과 직결된 문제다. 많은 농작물이 벌의 수분에 의존하고 있기 때문이다. 벌은 단순히 꿀을 얻을 수 있는 곤충이 아니라 생태계 건강의 지표다.

어느 늦은 오후, 남편과 헬싱키 소재 예술가 그룹 픽셀에이크Pixelache, 헬싱키대학의 대안적 음식 문화 동아리 루오안

뚤레바이수스 Ruoan Tulevaisuus가 함께 기획한 행사가 그 온실에서 열렸다. 당시는 하루가 다르게 날이 추워지고 일조량이 눈에 띄게 줄어든 시점이었는데, 월동 준비의 일환으로 온실에서 키우는 채소를 다 같이 소비하자는 취지에서 이 행사를 기획한 것이라고 남편은 설명했다. 채소를 소비하는 방법은 다름 아닌 만인의 사랑, 피자를 만들어 먹는 것이다.

우리가 자전거 페달을 열심히 밟아 목적지에 도착했을 때 이미 적지 않은 사람들이 모여 있었다. 전에 왔을 때는 주의 깊게 보지 않아 몰랐는데 온실 옆에는 벽돌과 흙으로 만든 커다란 화덕과 다양한 성격의 모임을 갖기 적합한 커다란 탁자가 있었다. 행사 진행을 맡은 헬싱키대학 학생들은 미리 피자 반죽을 준비해두었고, 채소도 모두 수확해 손질해둔 상태였다.

행사에 참여한 사람들은 각자의 접시에 반죽을 올리고 원하는 채소를 올린 다음 화덕 앞에 줄을 서 차례대로 순서를 기다렸다. 자기 차례가 오면 '굽기' 담당자가 피자를 구워주고, 그걸 받아서 맛있게 먹으면 되었다. 물론 더 먹고 싶으면 같은 순서를 반복하면 된다.

많은 행사가 그렇듯 화덕이 적당한 온도로 데워지기까지는 생각보다 시간이 오래 걸렸다. 줄은 예상보다 길고 피자가 구워지는 속도는 느려서 음식이 내 입으로 들어오기까지 한참을 기다려야 했다.

온 사방이 깜깜해지고 풀벌레 소리는 점점 더 커지고 저 멀리 도시의 불빛이 낭만적이라는 생각이 들 때쯤 그제야 화덕도 일을 멈추었다. 배를 채운 사람들이 한 차례 빠져나가고 조용해지자, 우리는 남아 있는 사람들과 뒷정리를 하고 따뜻한 커피와 맥주를 마시며 두런두런 대화를 나누었다. 그리고 자전거를 타고 밤길을 달려 집으로 돌아왔다.

그날 먹은 피자가 내 생애 가장 맛있었던 피자는 물론 아니다. 사실 맛은 잘 기억나지 않는다. 설익었는지, 타기 직전이었는지, 어떤 재료를 올려 구웠는지조차 기억이 가물가물하다. 하지만 그곳에 온실이 있고, 온실 안에 잘 가꾸어진 채소가 있고, 또 그 채소를 돌보는 사람들이 있었다는 건 안다. 음식을 진지하게 대하고, 건강한 환경을 꿈꾸고, 도시의 더 나은 미래를 조금 더 적극적으로 그리는 사람들이 비슷한 고민과 생각을 나누기 위해 그곳을 찾는다는 것도 알 수 있었다.

우리가 헬싱키를 떠나오던 그 시점에 낡은 빠실라Pasila 기차역은 재개발 공사에 들어갔고, 근처에 있는 깐또뽀우따 역시 새 단장을 준비하는 듯했다. 유동 인구가 많은 동네라는 점을 이용해 대중이 접근하기 쉬운 도시 농장으로 개선하는 것이 목표라고 한다.

언제가 될지 모르겠지만 코로나 바이러스가 종식되고 다음에 헬싱키에 가게 된다면 꼭 다시 턴테이블의 온실을 방문하고 싶다. 그때는 더 많은 채소가 더 많은 사람들의 관심과 돌봄으로 자라나기를 기대해도 좋을 것 같다. 14년간 생활하며 몸과 머리와 가슴으로 터득한 헬싱키는 내 상상보다 항상 더 유연하고 과감한 행보를 보여왔으니 말이다.

배부른 소리

현대의 대도시는 식재료 생산의 기능을 잃었다. 도시 밖에서 생산된 각종 식재료들은 도시로 흘러 들어와 소비된 후 막대한 양의 음식물 쓰레기가 되어 다시 도시 밖으로 배출된다.

물론 대도시는 다른 의미의 생산을 한다. 주요 관청이나 대기업들이 밀집해 정책을 결정하고 정보를 만들어내고 처리하며 눈에 보이지 않는 가치를 만들어낸다. 맡은 기능이 서로 다르다. 대도시에서 만들어낸 가치는 지역 사회로 흘러나가고, 지역 사회에서 만들어진 자원은 대도시로 들어가 소비되며 순환을 그린다.

　식재료 생산지로부터 우리가 멀어져서일까? 예전보다 음식의 종류나 서비스가 다양해진 것은 맞지만 음식이 홀대받는다는 느낌을 지우기 어려울 때가 있다. 쓰레기통 옆 아무렇게나 버려진 배달 도시락 위에 멀뚱멀뚱 남아 있는 상당량의 잔반을 보면 문득 그런 생각이 든다. 족발을 배달시키면 따라오는 다 못 먹을 게 분명한 갖가지 반찬들을 보면서도 그런 생각을 했던 것 같다.

　음식 뒤에 서 있는 사람 역시 비슷한 대접을 받는다는 느낌이 든다. 고등학생 때, 그러니까 약 20년 전 자주 가던 분식집 김밥이 2500원이었는데, 그 가게가 약 5년 전 문을 닫기 전까지도 변동이 없던 김밥 가격을 보며 나는 놀라움을 감추지 못했다. 그건 희열이 아닌 통탄에 가까웠다. 누군가는 버려질 음식을 했고, 누군가는 버려질 식재료를 키웠다. 누군가는 음식의 가격을 15년 넘게 올리지 않아 착한 가게라는 소리를 들었다.

　경제가 성장하면 엥겔지수가 내려가는 것이 자연스러운 현상이라고 하지만, 다른 것들의 가치는 어처구니없이 올라가는 것과 비교하면 당황스럽다. 차도, 집도, 이제는 필수품처럼 느껴지는 가전제품의 가격도 치솟는데, 식재료가, 그 뒤에 선 사람이, 이 모두를 품은 자연이 홀대받고 있다고 이야기하면 나는 하나만 알고 둘은 모르는 애송이일까? 이런 상황이 불편하다고 말하면 경제관념 없이 배부른 소리를 하는 것일까?

　현재 도시에 살고 있는 전 세계 인구의 수는 50%가 넘는다. 대도시를 넘어선 메가시티megacity의 숫자도 점차 증가할 예정이라고 한다.

　에너지 소비 효율 측면에서 보면 밀집도가 높은 도시가 그렇지 않은 시골보다는 분명 이점이 있다. 하지만 대도시는 갈수록 심각해지는 대기오염과 쓰레기 생산량 증가, 탄소 배출량 증가, 교통 체증, 젠트리피케이션, 빈부격차의 심화 등 온갖 부작용과 폐해로부터 자유로울 수 없다. 우리 스스로도 그 사실을 잘 알지만 도시가 가진 가능성과 기회를 좇아 어쩔 수 없이 발을 들여놓게 된다. 결국 도시가 점점 더 비대해짐에 따라 그 부작용은 더욱 커질 것이다. 그러면 도시 밖 인구는 지금과 같이 도시 인구를 계속 지탱할 수 있을까?

　영화 〈센과 치히로의 행방불명〉(미야자키 하야오 감독, 2001)에서 개구리 종업원을 잡아먹은 가오나시는 종업원들이 잠도 안 자고 끊임없이 갖다 바치는 음식을 모조리 집어삼키고 몸집이 점점 더 비대해진다. 그러면 가오나시는 그 대가로 눈이 돌아가게 만들 만큼 엄청난 양의 금을 만들어내고, 그 반짝임에 취한 종업원들은 다시 음식을 해다 나르기 바쁘다.

가오나시는 그 많은 음식에도 끊임없이 배고파 하다가 다른 종업원들을 잡아먹으며 끝없이 늘어나는 배를 채워보려 한다. 식재료 생산 기능을 잃어버린 도시가 마치 가오나시 같다는 생각이 든다.

'나는 이만큼의 음식을 먹을 만한 가치를 만들었는가? 이 음식을 먹을 자격이 있는가?'

가끔씩 떠오르는 질문이다. 물론 질문은 질문일 뿐, 나는 대답과 관계없이 매끼 꼬박꼬박 잘 챙겨 먹는다. 음식을 앞에 두고 괜히 유난을 떠는 건가 싶기도 하지만, 어떤 날은 내가 만들어낸 가치가 그날 내 앞에 놓인 음식을 만들어내기 위해 쓰인 모든 에너지의 가치에 비해 현저히 떨어진다고 느낄 때가 있다. 그저 날로 비대해지는 도시적 가치관에 나 스스로가 잡아먹혀 중요한 것을 잃어버리지 않기를 바랄 뿐이다.

배우는 다원주의자

사람에 대하여

결혼을 대하는 우리의 자세

나와 남편에게 청혼은 하나의 재미있는 추억으로 남아 있다. 남편이 나에게 청혼했을 때 나는 이러지 말라고, 나한테 왜 이러는 거냐고 소리를 질렀다. 그간 우리 둘의 관계를 짚어보며 로맨틱한 결말을 확신하고 있었을 남편은 이 아름다운 순간을 영원히 기억하겠다고 청혼하기 바로 직전부터 휴대폰으로 녹음을 하고 있었다. 예상을 빗나간 나의 반응에 당황한 남편은 녹음을 정지하는 것도 잊은 채 질겁하는 여자 친구를 진정시키느라 진땀을 뺐다.

장장 한 시간이 넘는 이 날것의 기록은 여전히 남편의 휴대폰에 남아 있다. 지금도 가끔씩 남편은 이 녹음을 들려주며 본인의 노고를 호소하곤 한다.

내가 질겁했던 이유는 남자 친구가 마음에 차지 않아서가 아니었다. 결혼이 하기 싫었을 뿐이다. 결혼이라는 포장지에 곱게 싸여 마치 원래부터 내 것이었던 양 주어질 수많은 책임과 의무가 무서웠다. 나는 우리네 엄마들처럼 싫은 내색, 힘든 내색하지 않고 원래부터 잘하는 일인 것처럼 가족을 위해 헌신하며 살 자신이 없었다. 지금도 충분히 완벽한 우리의 연인 관계를 결혼이 망칠지도 모른다는 생각에 두려웠다. 결혼과 동시에 서로를 향한 애정은 과거의 화석이 되고, 성별에 따라 정해져 있는 역할 수행에만 전념하게 되는 사무적인 관계로 전락할 것 같았다.

우리는 갓난아이였을 때부터 어른이 되어서까지도 사회가 짜놓은 성 역할을 꾸준히 강요받는다. 성 역할은 외모부터 행동, 직업, 성격, 취향, 도덕성 등 매우 다양한 분야에 걸쳐 구체적으로 부여되며, 종착지는 성공적인 결혼과 육아다. '나'라는 사람이 누구인지, 성격이 어떠한지, 무엇을 좋아하는지, 무엇을 잘하는지, 무엇을 하고 싶은지 알아차리기도 전에, 이분법으로 나뉜 이상적인 여성과 남성이라는 울타리 안에 본인을 욱여넣는 법을 강요당한다. 그 틀 안에서 팔다리가 잘리고 머리가 잘리고 마음이 잘리는 사람들을 많이 보았고, 나 또한 그렇게 될까봐 두려웠다.

　폭풍 같던 그날이 지나가고 정신을 차린 뒤 우리 둘은 오랜 시간에 걸쳐 결혼에 대해 진지하게 이야기를 나누었다. 들어보니 남편도 딱히 결혼이라는 게 하고 싶었던 것은 아니었다고 한다. 시간이 되면 각자의 집으로 돌아가는 게 싫었고, 같이 평범한 일상을 살며 기쁨과 고민을 나누고 싶었을 뿐이었단다. 그건 나 역시 마찬가지였다. 이토록 관심사를 공유할 수 있고, 생각과 의견을 솔직히 털어놓으며 대화를 이어갈 수 있는 사람은 처음이었다. 무엇보다도 나에게는 너무 재미있는 사람이었다. 개그 코드가 딱 들어맞았다. 이 사람 말에 다른 사람들은 미적지근한 반응을 보일 때 나만 웃느라 뒤로 넘어가곤 했다. 결론은 둘이 같이 살고 싶은 것이지만, 우리나라 사람들에게 동거는 아직 일반적인 관계로 받아들여지지 않는다고 느끼기에 우리 사이를 주변에 인정받으려면 결국 결혼 말고는 다른 방법이 없었다.

　우리는 결혼을 목적이나 목표가 아닌 사랑하는 사람끼리 같이 살 수 있는 수단으로 생각하기로 했다. 결혼에 대한 두려움이 갑자기 모두 증발해버린 것은 아니었지만, 결혼에 대한 생각과 그 이후의 삶에 대한 서로의 그림이 어느 정도 일치하는 것을 확인하고 나니 마음이 한결 가벼워졌다. 그리고 이 사람이라면 언제든 내 솔직한 감정을 이야기할 수 있겠구나, 애써 숨길 필요가 없겠구나, 힘이 들 때 의지가 되겠구나 싶어 결정을 내리게 되었다.

'그래, 해보자. 결혼.'

원래 그래?

딸이 평생 혼자 산다고 선언할까봐 부모님이 평소에 걱정을 많이 하셨는지 일은 생각보다 빠르게 진척되었고, 어느덧 우리는 결혼식을 앞두고 있었다. 나에게 결혼식에 대한 로망이라고 할 만한 건 없었다. 다만 되도록 작게 하고픈 소망은 있었다.

조금 더 구체적으로 말하자면, 좋아하는 작은 식당을 하나 빌려서 가족들과 가까운 친구들만 불러 편안하게 앉아 밥도 먹고 이야기도 많이 나누고 싶었다. 초대하는 사람도 연락하기 민망하지 않고, 초대받은 사람도 오랜만에 연락 온 사람에게 축의금 내기 아깝다는 생각이 들지 않도록 서로서로 가깝다고 여기는 사람들이 함께할 수 있는 즐거운 파티를 생각했다.

마음에 담아둔 식당도 하나 있었다. 홍대 앞, 정신없는 번화가를 피해 좁은 주택가 골목길로 들어가면 붉은 벽돌 건물 1층에 자리한 작은 이탈리아 식당이다. 조용하고 아늑한 분위기의 이 작은 식당은 커다란 오븐에서 직접 굽는 빵 냄새 덕분에 더 특별했다. 격식을 차릴 필요는 없지만 조용한 분위기에서 정성스레 차려진 음식을 받아보면 같이 밥 먹는 사람을 존중하고 싶은 마음이 드는 그런 장소였다. 우리가 좋아하는 음식을 먹고, 우리가 좋아하는 음악을 틀고 싶었다. 무엇보다 결혼식장의 그 소름 끼치는 이름의 버진로드를 걷고 싶지 않았고, 시간을 내어 발걸음을 해준 사람들의 얼굴도 제대로 못 보는 식은 하기 싫었다.

하지만 그런 결혼식은 내 꿈속에서나 가능한 일이었나 보다. 남편의 집에서는 이번이 첫 번째 결혼식이었고, 우리 집은 작은 식당에서 소수의 인원만 초대한 식을 치르기에는 많이 보수적이었다. 결국 우리는 500명이 넘는 사람들에게 청첩장을 돌렸다.

식장을 제외하고 나머지는 우리가 원하는 대로 해보고 싶어서 미미한 저항을 이어보기로 했다. 세상을 편하게 살면

좀이 쑤시는 내 남편 될 사람은 청첩장에 대한 좋은 아이디어가 있다며 신이 나 있었다. 며칠 뒤 남편은 직접 만든 견본을 출력해 보여주었다. 일반적인 청첩장에는 남자 쪽 아버지 성함, 어머니 성함, 그리고 신랑의 이름이 먼저 등장하고, 그다음 신부 쪽 아버지 성함, 어머니 성함, 그리고 신부의 이름이 등장한다. 마치 정해진 법처럼 말이다. 하지만 남편이 만들어 온 청첩장에는 신부 어머니 성함이 가장 먼저 쓰여 있었고, 그다음은 아버지 성함, 그리고 내 이름이 있었다. 그다음에는 남편의 어머니 성함, 아버지 성함, 그리고 본인의 이름이 적혀 있었다. 나는 이 청첩장이 아주 마음에 들었다. 우리 두 사람의 가치관을 드러내는 좋은 예시라 생각했다. 그리고 이유는 모르겠지만, 어른들이 좋아하실 수도 있겠다는 생각이 아주 잠깐 스쳐 지나갔다.

물론 현실은 달랐다. 이 진보적인 청첩장은 시가 어른들의 체면이 서지 않는다는 이유로 우리 집에서 먼저 강하게 퇴짜를 맞았다. 그렇다면 거꾸로 말해 여자 집의 체면은 항상 뒷전이라는 이야기인데, 결국 이 문제 역시 우리가 버텨봤자 승산이 없을 게 분명해 보여 금방 철회했다.

가족들을 곤란하게 만들기 위해 이런 청첩장을 제안했던 것은 결코 아니다. 세상에는 너무나도 당연한 듯 고민 없이 따라가게 되는 일들이 많다. 사회 구성원이 공유하는 가치는 다양한 외부적 요인에 의해 끊임없이 변화한다. 변화의 한가운데 있는 우리의 눈에는 전체의 그림이 보이지 않지만 매일매일이 변화의 연속이고 결과물이다. 주변 사람들로부터 받아들이고 종합한 정보들을 토대로 우리는 행동으로 질문을 던지기도 하고 대답을 들려주기도 하는데, 그 청첩장은 현시대를 살고 있는 우리 두 사람의 질문이자 대답이었다.

기존의 방식을 고집하는 이유는 뭘까? 기존의 방식을 지켜서 얻는 건 뭐고, 잃는 건 뭘까? 다른 방식은 잘못된 건가? 이렇게 하면 세상은 무너질까? 누군가에게는 질문을 하는 것 자체가 천인공노할 일이겠지만, 우리는 이 시대에, 다가올 시대에 필요한 질문이라 생각했다. 비록 미약한 발버둥으로 끝난 저항이었지만, 나는 솔직히 내 엄마가 잠시나마 속이 시원했으면 하는 바람도 있었다. 물론 그 역시 내 이기적인 생각이겠지만 말이다.

나는 드레스도 입기 싫었다. 평소에는 입을 일 없는 불편한 옷을 많은 돈을 주고 빌려야 한다고 생각하니 너무 아까웠다. 그 돈을 아껴 여행에 투자하고 싶었다. 마치 다른 선택지는 없는 것처럼 조성된 환경에서 얌전히 꽃가마에 올라타 인형놀이 무대로 순순히 걸어 들어가고 싶지 않다는 반항심이 작게 일었다. 그래서 엄마에게 드레스 대신 평소에 입을 수 있는, 그렇지만 정말 잘 만든 정장을 한 벌 사서 식장에서 입고 싶다는 말을 꺼냈다가 등짝을 맞았다.

그나마 웨딩 촬영은 하지 않았다. 평소에는 오를 일 없는 나무 사다리에 올라가 어색하게 웃으며 카메라렌즈를 볼 자신이, 또 나중에 술을 마시지 않은 맨 정신으로 그 사진들을 바라볼 자신이 없었다. 카메라렌즈만 보면 온몸이 경직되는 나 자신을 너무나 잘 알기 때문이었다. 대신 타지 생활을 하며 함께 가보고 싶다고 누누이 말해왔던 서울 북촌을 골목골목 다니며 이를 배경으로 사진을 남겼다. 평소에 입을 수 있는 옷을 입고, 언제든 다시 갈 수 있는 장소에서 말이다.

이렇게 글로 적고 나니 불평불만만 많은 철없는 어린아이 같아 내 자신이 조금 한심하게 느껴진다. 나름 이런저런 생각은 많았지만 결과적으로 할 건 다한 결혼식이었기 때문이다. 결국 난 드레스를 입었고, 평범한 청첩장을 돌렸고, 수많은 하객을 맞이했다. 주례사도 듣고, 폐백도 마쳤다. 나를 잘 알지 못하는 분께 시간을 내어 우리 얘기를 듣기 좋게 해달라고 부탁하는 것이 부자연스러워 주례 없는 결혼식을 하고 싶었고, 시대의 변화에 따라가지 못하고 오히려 반감을 부추길 수 있는 폐백도 건너뛰고 싶었으나 그럴 수는 없었다.

장신구는 하지 않았다. 아무도 눈치 채지 못한 하찮은 저항이지만, 이미 내 상상과는 많이 멀어진 현실에서 장신구를 거부하며 스스로가 결정권을 행사했다는 기분에 아주 잠시

나마 심취해 있을 수 있었다.

내가 만약 의지가 조금 더 강하고 사람들을 마주보고 설득할 각오가 되어 있었다면 내 바람대로 결혼식을 진행할 수 있었을까? 아니면 고작 하루인데 불필요하게 주변 사람들을 피곤하게 만들지 않고 남들 하는 대로 하는 게 잘한 결정이었을까? 여전히 잘 모르겠다. 그래도 내 소심한 성격을 짚어보았을 때 당시 내가 할 수 있는 최선의 선택을 하지 않았나 싶다. 우리 둘이서는 메울 수 없는 세대의 간극이라는 것이 있고, 이해하지는 못해도 인정해야 할 것들이 있기 때문이다.

결혼식을 준비하는 과정에서 가장 많이 들은 말은 "원래 그래", "우리나라는 어쩔 수 없어"다. 허례허식에 관한 이야기를 할 때 누구나 결혼식이 그 대표적인 예라는 것에 공감하면서, 정작 자신의 차례가 오면 허덕이며 앞사람의 선택을 따라가야 하는 현실이 답답하다. 마치 다른 선택지는 존재하지 않는 것처럼, 다른 선택을 하는 것은 잘못된 일인 것처럼 말이다.

2년 전, 지인의 결혼식에 다녀왔다. 주례 없는 결혼식이었다. 양가 어른들이 결혼하는 자녀들을 위해 직접 쓴 편지를 낭독하고, 결혼하는 자녀들도 어른들께 각자 쓴 편지를 읽는 것으로 식이 진행되었다. 아직은 많이 어려운 상대 가족을 머릿속에 그리며 쓴 조심스럽고 정성스러운 편지들이었다. 시간을 내 방문해준 사람들 앞에서 직접 쓴 편지를 읽어 내려가는 긴장 가득한 목소리에 저절로 귀를 기울이게 되는 그 시간이 참으로 좋았다. 세대 간에 부드러운 합의점을 찾은 듯해 마음이 따뜻해지면서 동시에 부럽기도 했다.

결혼하는 두 사람이 식을 준비하며 어른들을 설득해야 할 일이 있었는지, 그랬다면 그 과정에서 어떤 어려움을 겪었는지 속속들이 알지는 못하지만, 그들의 식을 보고 나니 내가 결혼식을 준비하며 가졌던 생각들은 익지 않아 풋내 나는 날것처럼 느껴졌다. 변화는 바라지만 어떻게 이뤄내야 할지 몰라 불만만 잔뜩 표시했던 나의 철없는 시간이 못내 아쉬웠다.

세상의 모든 자식들

다행히도 내가 두려워한 일들은 결혼 후에 일어나지 않았다. 남편이 내게 지어준 별명, '프로 워리어professional worrier'(여기서 '워리어'는 군인warrior이 아니고 '걱정하는 사람'이다)답게 드라마나 주변의 이야기를 보고 들으며 머릿속에 키워왔던 최악의 시나리오들, 예를 들면 시가와의 골이 깊은 갈등, 소통의 어려움, 그로 인한 남편과의 불화 등은 없었다.

그렇다고 매일이 무지갯빛이었던 것은 아니다. 모든 일이 그러하듯 타협과 양보, 인내가 필요했다. 하지만 불편한 점이 있으면 서로 터놓고 이야기할 수 있고, 마음에 들지 않는 부분이 있으면 개선하려 노력하거나 그냥 인정하며 소소한 하루하루를 사는 기쁨이 있다. 그래서 나 스스로를 진심으로 운이 좋은 사람이라 여긴다.

그럼에도 불구하고 결혼에 대한 나의 반감이 아주 사라진 것은 아니었다. 결혼 자체에 대한 반감이 아니라 결혼에 대한 맹목적인 믿음이라고 해야 정확할 것 같다. 결혼을 모두의 의무나 다름없다고 여기는 생각 말이다. 그리고 그 반감은 이런 믿음 뒤에 당연한 듯 정해져 있는 성 고정관념과 이를 충실히 따르는 성 역할에서 출발한다는 것을 깨달았다.

여성들은 우리네 엄마, 이모, 할머니를 보며 자란다. 연애를 하든, 선을 보든, 집에서 정해준 사람과 얼떨결에 만나든 대부분의 어머니들은 자연스러운 수순처럼 결혼을 하고 아이를 낳고 집안일을 하며 평생을 살아오셨다. 그중에는 직장 생활을 꾸준히 한 여성들도 많다. 예전에는 여자라는 이유로 집에서 차별을 받거나, 가부장적인 시가에서 혹독한 시집살이를 하기도 했는데, 놀랍게도 딸과 아들을 차별하는 가정은 21세기에도 여전히 존재한다. 그 차별은 조부모로부터 받기도 하고 부모로부터 받기도 한다.

하루 종일, 1년 365일 식구들 뒷바라지를 하는 과정에서 느꼈을 소외감, 무력감, 우울함, 사회적 박탈감은 '모성애'나

'여자는 약하지만 어머니는 강하다'와 같은 말들로 적당히 미화되곤 한다. 어머니의 희생을 미덕이라 여기는 분위기 탓에 개인의 욕망이나 욕구는 나쁜 것, 다른 가족 구성원들에게 피해를 주는 이기적인 것으로 간주되기도 한다. 게다가 부엌에 들어가면 남성성을 잃는 불치병에 걸린다고 생각하는 수많은 아버지들 때문에 어머니들은 팔목, 팔꿈치가 삐걱대도 가사 노동으로부터 은퇴할 수가 없다.

부모는 자식이 자신보다 나은 삶을 살기를 바란다. 자식들도 마찬가지다. 비교적 늦게 독립하는 우리나라에서 자식들은 부모 세대를 조금 더 오랫동안 가까이서 지켜보게 된다. 그러면서 일관되게 발견하는 고질적인 불균형과 불평등으로부터 스스로를 보호하기 위해서, 더 낫다고 믿는 삶을 살기 위해서 방어벽을 쌓는 것은 당연하다. 다른 사람들이 변화하기를 기다리고 기대하기보다 스스로가 포기하는 것이 더 빠르다는 걸 깨달으며 결혼을 기피하는 것인지도 모른다.

약 25년 전, 늦은 저녁 잠자리에 들기 전 FM 라디오를 듣다 보면 으레 흘러나오던 책 광고가 아직도 기억난다. 성우가 날카롭게 부르짖던 《세상의 모든 딸들》의 유명한 광고 카피 "난 엄마처럼 살지 않을 거야!"가 무슨 말이었는지 나이를 먹으며 알아간다는 게 착잡할 따름이다.

남성들도 고충을 겪는다. 사회에서 내리누르듯 강요하

는 남성성은 늘 존재해왔다. 때론 개인의 취향과 성향이 남자답지 못한 것으로 낙인찍힐까 두려워 제대로 들춰보지 못했을 것이다. 가부장 사회에서 한 가정을 당연한 듯 짊어졌으나, 그 부담감은 스스로 진정 원하는 게 무엇인지 고민할 시간을 주지 않았을 것이다.

약 20년 전, 미대 입시를 준비하면서 알게 된 또래 남자아이들 중에 아버지 몰래 미술학원에 다닌다고 했던 친구가 기억난다. "남자는 미술 하는 거 아니다!"라고 말씀하시는 아버지 때문에 혼자서 마음고생을 하다가, 그래도 원하는 미래를 그려보기 위해 어머니를 설득해 방과 후 미술학원에 몰래 다니고 있었다. 아버지는 아들이 일반 보습학원에 다니는 줄 알고 계신다고 했다.

"뭐, 언젠가는 아시겠지" 하고 덤덤히 말하던 그 친구. 어쩌면 아버지는 성 역할에 있어서 가차 없는 이 사회에서 자식이 상처받지 않고 아주 조금이나마 편히 살 수 있도록, 그 잔혹함에 대해 미리 알려주고 싶으셨는지도 모른다. 충동적이고 불안정해 보이는 그림보다는 꾸준히 돈 벌 수 있을 만한 분야의 기술과 지식을 배워 나중에 직장 생활을 하며 꼬박꼬박 월급 받아 식구들을 먹여 살릴 수 있어야 한다는, 당신이 평생 느껴온 강박관념을 구구절절 설명할 수 없어서 반대하셨을 것이다. 대화에 서툰 아버지들은 자식을 향한 앞선 걱정을 일방적 훈계로 급히 마무리 짓곤 한다. 그런 아버지 역시 대화를 가장한 일방적 통보를 할아버지로부터 들으셨을 테다. 이리저리 부딪히고 바닥에 굴러 여기저기 모가 난 감정 덩어리를 사회에 나가지 않은, 아직은 어린 고등학생 아들에게 던져주며 "사실은 나도 몰라서 무서워"라고 말하고 싶었던 건지도 모른다.

어느 시점에 아버지에게 사실대로 털어놓았는지, 아니면 우연한 계기에 들켰는지 자세한 사정은 모르지만, 그 친구는 고3이 되어서도 미술학원에 계속 다녔고, 무사히 입시를 치러 결국 미대에 입학했다. 친구의 아버지는 탐탁지 않아 하셨겠지만 결국 재능이 있는 아들의 편에 못 이기는 척 서주었을 것이다. 이제는 남자가 미술을 해도 괜찮은 세상이 되었기를 바라면서 말이다.

여자답다는 것, 남자답다는 것

핀란드에서 가장 인기 있는 백화점인 스토크만이 사람들의 입방아에 오르내린 사건이 있었다. 2017년도 겨울 즈음의 일이다. 스토크만은 정기적으로 백화점 회원들에게 신제품의 사진과 가격 정보가 담긴 카탈로그를 배포한다. 이 카탈로그에서 잠옷을 입은 어린아이 둘의 사진이 논란이 되었다. 남자아이는 우주복을 연상하게끔 만든 잠옷을 입고 서 있었고, 여자아이는 분홍색 잠옷을 입고 남자아이 옆에서 바닥에 무릎을 세우고 앉아 있는 사진이었다. 이 사진은 순식간에 사람들의 공분을 샀다.

"아니, 시대가 어느 때인데 이런 사진을 찍는 거지?"

"스토크만은 아직 1950년대에 머물러 있나 보네."

"남자아이는 강인하고 모험심이 강한 어른으로 자라야하니 우주복 잠옷을 입히고, 여자아이는 여자아이답게 분홍색을 입혔네."

"자세도 문제야. 여자아이는 왜 저렇게 무기력하게 앉아 있는 거지?"

페이스북에 걷잡을 수 없을 만큼 빠르게 퍼지기 시작한 이 사진 밑으로 백화점의 카탈로그를 비난하고 조롱하는 댓글들이 달리기 시작했다. 논란이 시작되고 오래 지나지 않아 누군가가 합성사진을 올렸다.

"내가 만들었어. 이 사진은 이렇게 되어야 맞는 것 같아."

합성사진에서 두 아이는 모두 똑같은 우주복 잠옷을 입고 나란히 서 있었다. 누군가가 올린 유쾌한 합성사진이 사람들의 박수를 받으며 화제가 되자 곧 뉴스에서도 다루었다. 결국 백화점 측은 실수를 공식적으로 인정하고 재치 있는 합성사진을 게재한 사람에게 감사를 표했다. 성별을 굳이 나누고자 했던 의도가 있었던 것은 아니었으나, 변화하는 시대가 기대하는 점에 충분히 부응하지 못한 점을 반성하고, 추후에 같은 실수를 반복하지 않기 위해 주의를 기울이겠다고 약속하며 사건은 일단락되었다.

우리가 만든 사회에서 그 실체가 불분명한 '다수'가 형성한 고정관념은 성별과 나이에 관계없이 모두를 옭아매고, 서로가 서로를 감시하는 효율적인 감옥이 된다. 특히 성별에 관한 고정관념은 그 힘이 매우 강력하다. 외모와 성격, 말투, 옷차림에서 더 나아가 직업에까지 가지를 뻗기 때문이다. 적지 않은 경우 어른이 아이에게 이 고정관념을 고스란히 물려줄 수도 있다.

　　"여자답네."

　　"남자답다."

　　"여자애가 옷이 이게 뭐니?"

　　"남자애가 씩씩해야지."

　　"여자애가 성격이 드세네."

　　"남자애가 그렇게 얌전해서 어떻게 하니."

　　"얘는 여자애라 그런지 질투가 심해."

　　"얘는 남자애인데도 애교가 많아."

　　자라면서 주변의 어른들에게서 익히 들어온 말이다. 그리고 여전히 주변에서 심심치 않게 들린다. 어렸을 때는 이런 표현에 문제가 있다는 것을 느끼지 못했다. 나도 크게 다르지 않은 기준으로 나와 남을 평가하곤 했다.

　　이런 성별에 따른 고정관념 때문이었는지, 어린 시절 나는 긴 머리카락을 좋아했다. 긴 머리카락이 여자의 상징이라 생각했던 것 같다. 유치원에 다닐 무렵 보았던 일본 애니메이션 〈백조의 호수〉(1981)에 등장하는 오데트 공주는 완벽해 보였다. 긴 금발 머리, 바닥을 질질 끌고 다니는 새하얀 드레스, 바람이 불면 날아갈 듯한 어린 모습에 사연 많은 표정은 세상 그 누구보다 예뻐 보였다. 게다가 우아한 백조라니! 그 당시는 수면 아래 백조의 발이 어찌 움직이는지 몰랐다.

그로부터 얼마 뒤 월트 디즈니의 〈인어공주〉(1989)에 나오는 아리엘이 내가 바라는 여성상이 되었다. 그 어떤 세찬 파도와 바람에도 굴하지 않는 붉고 긴 머리카락이 내 눈을 사로잡았다. 쏟아질 것 같은 큰 눈을 하고 가느다란 팔을 휘저으며 낭랑하게 노래를 부르는 인어공주의 모습에 홀딱 빠졌다. 같은 디즈니의 〈백설공주〉는 좋아하지 않았는데, 그 이유는 매우 단순했다. 짧은 머리가 마음에 들지 않았기 때문이다. 백설공주의 머리카락을 짧게 그린 사람을 도무지 이해할 수가 없었다.

'저렇게 짧은 머리를 한 여자를 누가 좋아하지? 길어야 예쁘지.'

이런 사고의 흐름을 거쳐 나에게 머리카락을 짧게 자르는 것은 결코 있을 수 없는 일이었다. 하지만 '귀밑 3cm'가 교칙이던 중학교에 입학하면서 내 꿈은 산산조각 나버렸다. 머리를 자르고 나니 자신감은 급격히 하락했다. 세상 모든 것이 아니꼬워 보이는 질풍노도의 시기를 지나고 있었기에 외모에 대한 불만은 하늘을 찔렀다. 거울을 보며 단발머리를 한 내가 더 이상 여자가 아닌 것 같다는 생각도 했다. 중학교를 졸업하며 내 인생에서 다시는 머리를 짧게 자르는 일은 없을 거라 스스로에게 다짐했던 것이 지금도 기억난다.

아이가 긴 머리카락을 고집해 자르지 않고 기르던 때가 있었다. 약 2년간 가위를 만나지 않은 머리카락은 어깨에 닿을락 말락 했다. 앞머리가 길어 얼굴을 가리기에 핀을 꼽아주었는데, 뒷머리는 묶는 것조차 거부해서 그냥 풀고 다녔다.

핀란드에서 살았을 때는 별 문제가 없었다. 핀란드의 여름은 시원하고 건조해 땀띠 걱정을 할 필요가 없었다. 그리고 주변 남자아이들 중에도 머리가 긴 아이들이 적지 않았다. 하루 종일 신나게 같이 놀았던 친구의 성별이 여자인지 남자인지조차 알지 못하는, 아니 궁금해하지 않는 나이이다 보니 본인의 외형 역시 중요한 게 아니었다. 그만큼 아이는 어렸다.

하지만 한국에 오면서 상황이 달라졌다. 아이의 머리카락을 짧게 자르는 것을 고려하게 되었다. 물론 날씨도 원인이었다. 한국을 떠나 있던 14년의 시간 동안 한국의 8월이 얼마나 더웠는지 잊고 있었다. 아이는 태어나서 처음으로 땀띠로 고생을 했다. 하지만 결정적으로 아이는 질문을 많이 받았다. 언니, 누나, 여동생, 여자아이라는 칭호와 왜 머리를 자르지 않느냐는 질문을 낯선 사람들로부터 지속적으로 들은 후 불만을 표출하기 시작했다. 그러더니 어느 날부터는 상대 방이 입을 벙긋하기도 전에 "저 남자아이예요", "머리가 긴 남 자아이예요" 하고 스스로를 방어하는 말을 하고 다녔다.

그제야 아이가 스트레스를 받고 있다는 것을 알게 되었 다. 그런 일이 반복되자 우리는 아이에게 머리가 긴 남자도 있고, 짧은 여자도 있다고 거듭 이야기를 해주었다. 하지만 그것이 아이의 스트레스를 줄여주지는 못했던 모양이다. 결 국 여름을 지내며 아이의 머리는 짧아졌다.

아이의 길었던 머리가 짧아져 아쉬운 면도 있었으나, 솔 직히 긴 머리를 유지하는 것에도 고민은 있었다. 아이가 원 치 않는 질문 때문에 스트레스를 받고 있음에도 불구하고 긴 머리를 유지하고 싶어 하면 어른인 나는 어떤 말을 해줘야 하 나? 어른으로서 어떻게 대처하는 것이 현명한 건지 알 수 없 었다.

"다른 사람이 뭐라고 해도 신경 쓰지 마."

이런 말은 내 기대와 다르게 문제를 해결해주지 못했다. 아이는 타인의 시선으로부터 자유롭지 못했고, 나 스스로도 완벽히 자유로울 수 없었다.

생물학적 성을 앞세워 일반화하기보다 사람을 그냥 있는 그대로 받아들이기는 정말 어려운 일인 걸까? 세상엔 이런 여자도 있고, 저런 여자도 있고, 이런 남자도 있고, 저런 남자도 있다는 것을 어른이 된 우리가 더 잘 알 텐데 말이다.

나와 남편은 은연중에라도 '남자라서 해야 할 것들', '여자라서 하지 말아야 할 것들'이 있다는 고정관념을 아이에게 심어주지 않으려고 표현에 신경을 써왔다. 집에서는 성별로 사람의 행동이나 외모를 구분하는 이야기는 되도록 하지 않았다. 다양한 색의 옷을 입히려고도 노력했다. 책을 읽어줄 때는 성 고정관념이 짙은 표현이 나오면 건너뛰거나 다른 표현으로 바꾸어 읽어주었다. 입에 익은 경찰 아저씨, 소방관 아저씨라는 말도 하지 않았다.

하지만 어느 순간부터 아이는 남자아이들의 색이라며 '파란색'을 고집하기 시작했다. 또래들 사이에서 나름의 사회생활을 하며 다양한 정보를 습득하고, 글씨를 읽을 수 있게 되자 혼자 책을 보며 스스로 표현들을 익혔다. 부모의 영향력이 닿지 않는 아이의 사생활이 시작된 것이다.

앞으로는 부모가 개입하지 못할 영역들이 점점 더 커지겠지만, 두려움은 표현할 수 있도록, 울고 싶을 땐 울 수 있도록, 거부하고 싶을 땐 거부할 수 있도록, 도움이 필요할 땐 요청할 수 있도록 이 모든 감정들을 표현하는 데에 성별을 나눌 필요가 없다는 것을 꾸준히 알려주려고 한다. 여자의 머리카락이 짧으면 못생긴 거라 여겼던 나의 어릴 적 생각이 얼마나 어처구니없었는지도 함께 말이다.

현명한 주부

나는 애교가 없다. 말수도 적고 말투는 딱딱하고 무심하다. 나의 태도가 말랑말랑하지 않다고 해서 불편한 점은 딱히 느끼지 못했다. 다만, "너는 여자인데 애교가 없어"라는 말을 들으면 어찌할 바를 몰랐다. 죄책감이라 하기도 그렇고, 수치심이라 하기도 그렇고, 무력감이라 하기도 그렇고, 뭔가 한마디로 형용하기 어려운 부정적인 감정 앞에 마치 살갑게 굴 줄 모르는 내가 당연히 할 줄 알아야 하는 것을 모르는 기본이 덜된 사람이 된 기분이 들었다.

반면 남편의 경우는 정반대였다고 한다. '어느 집 딸 부럽지 않은 아들'이었던 남편은 예쁜 말로 하루 종일 조잘조잘 떠드는 아이였단다. 주변 어른들은 이런 아들을 둔 시어머니를 부러워했고, "이 집은 딸 없어도 되겠네. 내가 데려다 키우고 싶다" 같은 말씀을 많이 하셨다고 한다.

우리 아이는 목석같은 나보다 남편을 닮았고, 하루 종일 쉴 새 없이 말을 하고, 틈만 나면 엉겨 붙는다. 덕분에 나 역시도 주변으로부터 "와, 애가 딸 노릇하네"라는 소리를 듣곤 한다. 아이의 친화력과 살가움에 대한 칭찬이라는 것을 잘 알지만 솔직히 그 말이 편하지만은 않다.

우리는 여자에게서 쉽게 애교를 기대한다. 그리고 남자의 애교는 '여자 같은 것'이 된다. 성별에 관계없이 애교가 많은 사람이 있고, 그렇지 않은 사람이 있는 것뿐인데 말이다. 방송에서도 여성 출연자에게 애교를 요구하는 모습을 심심치 않게 본다. 그런 장면을 볼 때마다 나 자신을 그 상황에 대입하게 되어 상상만으로도 곤혹스럽다.

여자와 애교가 당연한 듯 붙어 있는 것처럼 원래부터 여자의 것, 원래부터 남자의 것으로 여겨지는 표현은 많다. 얼마 전 남편과 '주부'라는 단어에 대해 한참을 얘기 나눈 적이 있다.

"우리 주부님들, 오늘 아이들 반찬으로…."

"현명한 주부의 선택!"

마트에 가면 눈에 많이 띄고 귀에 자주 들리는 단어다. 남편은 주부라는 단어를 들으면 자연스레 여성을 떠올리는 자신이 불편하다고 했다. 나도 마찬가지다. 주부라고 하면 자연스레 앞치마를 두른 여성이 떠오른다. 단어 자체에 성별이 명시되어 있는 것인지 궁금해서 사전을 찾아보았다.

가장 흔히 쓰이는 주부主婦의 사전적 의미는 '한 가정의 살림을 맡아 꾸려가는 안주인'으로, 단어에 이미 여성의 성별이 드러나 있다. 하지만 남녀를 모두 지칭하도록 만들 수도 있다. 주부의 부를 '아내 부婦'로 쓰면 여성이 되고, '남편 부夫'를 쓰면 남성이 된다. 두 한자 모두 '부'로 소리가 같기 때문에 주부는 여자일 수도, 남자일 수도 있는 셈이다.

살림을 하는 남편을 뜻하는 주부主夫를 인터넷에서 검색하면 의외로 본인을 주부主夫라 칭하며 이를 적극적으로 사용하는 사람들이 작성한 글을 볼 수 있다. 그러나 주부主夫는 국립국어원 표준국어대사전에는 올라와 있지 않은 것으로 보아, 이는 정식으로 인정받지 못한 표현이라는 걸 알 수 있다. 즉 요즘 사람들이 시대의 변화에 발맞춰 만들어낸 신조어일 가능성이 높다.

성 고정관념은 관성과도 같은 거라 애써 의식하고 문제 삼지 않으면 물 흐르듯 자연스레 지나가버리고 만다. 나 역시도 남녀의 역할을 칼로 베듯 나누던 시대적 분위기에 영향을 받지 않았다고 할 수 없다. 아니, 분명히 받았다. "여자는 여대 나와서 시집 잘 가서 애 잘 키우면 돼"와 같은 말을 여기저기서 많이 들으며 자랐기 때문이다.

15년 전, 핀란드에 도착한 지 얼마 되지 않았을 때다. 해가 쨍쨍한 대낮에 길거리에서 유모차를 미는 남성들을 심심치 않게 목격했는데, 그게 그렇게 이상해 보일 수가 없었다.

'저 사람들은 왜 이 시간에 유모차를 밀고 있지? 일하러 안 가나?'

유모차는 엄마의 것이고, 남성은 낮 시간에 직장에 있어야 한다고 생각한 내 고정관념이 깨지기까지는 생각보다 오랜 시간이 걸렸다. 핀란드 남성의 육아휴직은 당연한 것이었다. 남자가 육아휴직을 쓴다고 해서 눈치를 주거나 불공정한 대우를 하지 않는다. 아이가 어느 정도 클 때까지 아이의 부모는 돌아가며 육아휴직을 사용하거나, 둘 중 한 명이 일을 그만두고 집에서 아이 돌보기에 시간을 더 쓰는데, 이것이 꼭 여성이라는 법은 없다. 우리 옆집에 살던 부부가 어린아이를 키울 때 첫 몇 달은 엄마가, 그다음은 아빠가 일을 쉬었다.

"작년에는 아내가 일을 쉬었으니, 이번에는 내 차례지요."

아이를 키우는 것은 무엇을 어떻게 해도 힘든 일이다. 아이를 돌보고 그에 따른 집안일을 하는 것은 여성만의 몫이 아니다. 가사 노동의 가치가 평가절하되어 집안일을 하는 것을

'집에서 논다'라고 표현하기도 하는데, 집안일이야말로 정신적·육체적 에너지를 쉴 새 없이 요한다. 밥은 거를 수 없고, 빨래도 먼지도 매일매일 쌓인다. 더욱이 집에 돌봐야 하는 사람이라도 있으면 노동의 강도는 더욱 커진다.

과연 집에 있다고 해서 편안히 쉴 수 있는 사람이 몇이나 될까? 집에서 논다는 이들이 '유니콘' 같은 존재는 아닐까 생각한다. 누구나 이야기는 하지만, 실제로는 그 누구도 본 적 없는 존재 말이다.

결혼하고 얼마 지나지 않았을 때다. 남편이 요리하는 걸 즐긴다는 사실을 잘 알면서도 부엌에 있는 모습을 보며 뿌듯해하는 마음을 억누르기 어려웠다. 남편이 요리하는 것은 내가 뿌듯해할 일이 아닌데 말이다.

'남자임에도 불구하고 요리해줘서 고마워'라는 생각이 '밥해줘서 고마워'라고 바뀌기까지는 시간이 오래 걸렸다. 또 한동안은 '남편이 집안일을 돕는다'라는 표현을 썼다가 남편의 간곡한 부탁을 여러 번 들었다. '도와준다'는 표현은 '원래 나의 일임에도 불구하고 타인이 감사하게 손을 빌려준다'는 뜻을 담고 있는데, 집안일은 원래 같이하는 거니까 도와준다는 말은 하지 말아달라고 했다. 하지만 정작 본인은 종종 일을 문어발처럼 벌여 바쁜 탓에 상대적으로 집안일에 신경 쓸 시간이 적다면서 항상 고맙고 미안하다는 말을 덧붙였다.

이렇게 쓰고 보니 마치 남편 자랑을 하는 것 같다. 당사자가 이 글을 보면 어깨를 으쓱할 것 같다는 생각이 드는데, 그럼 분명 이렇게 말할 거다.

"이건 어깨를 으쓱할 일이 아니고 자랑할 일도 아니야. 당연히 해야 하는 거야."

그 말을 이렇게 쓴 걸 보면 또다시 으쓱할 것 같은데, 그럼 또 "이런 건 으쓱할 게 아니야"라고 할 거다. 그러면 또….

엄마의 성

"그랬다간 넌 더 이상 우리 가족이 아니야!"

핀란드인 친구가 아버지에게 들은 말이다. 우리나라 식으로 번역을 하자면 아마도 '그랬다간 호적에서 파버릴 거야!' 정도로 이해하면 될 것 같다. 친구가 이렇게 드라마 대사 같은 말을 아버지에게 들은 이유는 갓 태어난 아이에게 제 성이 아닌 부인의 성을 물려주고 싶다고 말씀드렸기 때문이다. 친구의 이런 생각 뒤에는 어떤 대단한 정치적인 뜻이 있다거나, 부모와 갈등의 골이 깊다거나 하는 거창한 사연이 있는 것은 아니었다. 부인의 성이 자신의 성보다 훨씬 발음하기도, 기억하기도 쉽기 때문이다.

친구의 성에는 우리에게 상대적으로 익숙한 영어 발음 기호에는 없는, 독특한 핀란드 모음 발음이 두 개나 섞여 있다. 세 음절인 그의 성에 두 개의 모음이면 꽤 많은 비중을 차지한다고 볼 수 있다. 핀란드의 Y는 우리가 익히 들어온 영어의 '아이ai'(예: 싸이코psycho)나 '-이-i'(예: 시스템system)로 발음하지 않는다. '우-' 하듯 입술을 앞으로 오므려 내민 채 혀를 입술 가까이 가져가며 내는 묘한 소리다. 이때 혀가 입술 밖으로 튀어나오지 않게 신경 써야 한다. 그리고 Ö는 한글 모음의 'ㅓ'와 소리가 비슷한데 조금 더 소심하게 발음하면 된다.

이 두 모음은 소리를 내면서도 올바르게 발음하고 있는 게 맞는지 항상 의심스러운 대표적 모음이다. 둘 다 외국인에게는 익숙하지 않은 섬세한 발음이다 보니, 친구는 어려운 모음이 들어가지 않고 부드럽게 발음할 수 있는 부인의 성이 혹여 미래에 외국인들과 함께 일하거나 다른 나라에서 살게 될지도 모르는 아이를 위해 더 나을 거라는 판단을 했던 것이다. 게다가 친구의 형제가 이미 아버지의 성을 조카에게 주었으니, 자매뿐인 부인의 성을 사용하는 것이 의미 있겠다는 생각도 있었단다.

부부 사이에는 이미 합의가 된 사안이었고, 이제 부모님께 말씀만 드리면 되었다. 하지만 친구 아버지는 그 말을 듣자마자 노발대발하셨다고 한다. 그럼에도 불구하고 부부의 결정은 흔들리지 않았고, 결국 아이는 엄마의 성을 가졌다. 하늘은 무너지지 않았고, 친구는 호적에서 파이지 않았다.

사실 좀 놀랐다. 핀란드를 비롯한 북유럽 국가들은 남녀 성 평등 지수가 높다(임금 격차, 사회 진출, 가사일 분담 등에 남녀 격차가 상대적으로 적다. 물론 아주 없다는 말은 아니다). 그래서 이런 남성 중심적인 관습을 대하는 데 있어서 훨씬 유연할 것이라 생각했다. 분명 이 문제에 대해서는 세대 차이가 존재할 것이고 개개인마다 의견이 다를 것이다. 나이 든 세대 중에서도 열린 마음을 가진 사람들이 있을 테고, 젊은 세대 중에서도 이 친구의 의견에 반대하는 사람들이 있을 것이다. 개인적으로는 친구가 끝까지 본인의 뜻을 관철시킬 수 있어서 다행이라 여겼다. 아버지와 갈등이 있었던 것은 안타깝지만 적어도 이를 어렵게 만드는 법적 제재는 없었다는 이야기니까 말이다.

성을 통일하는 것은 한 가족임을 드러내는 방법 중 하나다. 많은 서양 국가와 일본을 비롯한 몇몇 아시아 국가에서는 혼인을 해 부부 사이가 되면 여성이 남성을 따라 성을 바꾼다. 그 때문에 결혼 후 신분증, 여권, 운전면허증, 신용카드, 은행 정보, 각종 회원권 등에 등록되어 있는 기존의 성을 모조리 바꾸고 카드를 다시 발급받아야 한다. 이 과정이 생각보다 너무 힘들고 귀찮았다고 토로하며 "한국에서는 결혼하면 성 안 바꿔?" 하고 놀란 듯 묻던 친구가 떠오른다.

우리나라에서 혼인 후 여성의 성을 남성의 성으로 바꾸지 않는다고 했을 때 보이는 반응은 크게 '신기하다', '부럽다', '이상하다' 등이 있는데, 그중 '이상하다'는 반응은 나에게 좀 특별했다.

"그러면 어떻게 한 가족인 걸 알아? 엄마만 성이 다른 거잖아. 가족들이 다 모이면 소외된 기분이 들지 않겠어?"

이렇게 반응을 보인 친구가 기억난다. 그 질문은 많은 생각을 하게 했다. 그 친구의 관점에서 생각해보면, 혼인과 동시에 여성이 성을 바꾼다는 것은 외부에 있던 여성이 남성의 울타리 안으로 들어가 가정을 이루었음을 의미한다. 그러나 성을 바꾸지 않으면 여성은 여전히 외부인임을 뜻한다는 것이 그 친구의 생각이다.

한편, 우리나라를 비롯한 몇몇 국가에서는 혼인 후 부부가 각자 자기의 성을 유지한다. 부인이 남편의 성을 따라 바꾸는 관습은 없다. 여성이 자신의 성을 바꾸며 불편을 겪지 않아도 된다는 사실에 그저 안도하면 되는 것인지, 왜 남편이 부인의 성을 따라 바꾸는 선택지는 없는 것인지 등의 의문이 떠오르며 머리와 마음이 복잡해진다.

찾아보니 많은 영미권 문화의 나라들은 특별히 의견을

제기하지 않으면 아내가 남편의 성을 따르게 되어 있고, 유럽은 부모에게서 받은 이름을 지키는 쪽으로 천천히 바뀌는 추세라고 한다. 주변의 핀란드 친구들 중에도 성을 그대로 유지하거나 배우자의 성과 자신의 성을 붙여 쓰는 경우가 많았다. 오히려 바꾸는 경우는 드물었다. 이것만 봐도 젊은 세대들은 성을 바꾸는 것을 구시대적인 발상이라 여기는 듯하다.

그러나 아이에게 남성의 성을 물려주는 문화에는 별다른 변화가 없는 것 같다. 부인이 성을 바꾸는 문화권에 있든, 바꾸지 않는 문화권에 있든 그 둘 사이에 자식이 있다면 자식에게는 남편의 성을 주는 것이 보편적이다. 엄마의 성을 함께 쓰는 경우 대개 아빠의 성 앞에 두는데, 이를 축약하거나 생략하기도 한다.

아이는 남녀 둘이 함께 만든다. 하지만 부계 사회에 사는 우리는 아버지의 성을 고민 없이 아이에게 준다. 그게 잘못되었다고 말하는 것이 아니라, 아무런 고민 없이 너무나 자연스럽게 이루어지는 일이라 문득 신기하게 느껴질 때가 있다. 나도 결혼을 하고 아이를 낳고 당연하게 아이에게 남편의 성을 주었다. 심지어는 중·고등학생 때 나중에 결혼하게 될 남편의 성이 발음하기 예쁜 성이었으면 좋겠다는 생각을 했다. 그 어릴 때부터 의문 한 톨 갖지 않고 너무 당연하게 그런 생각을 했다는 게 신기할 따름이다.

약 10년 전 혼인신고서에는 미래 자녀에게 엄마의 성을 물려주는 사안에 대해 협의를 했느냐는 질문이 있었고, 이에 '예' 혹은 '아니오'로 선택할 수 있었다. 출생신고를 할 때라면 몰라도 당시 우리에겐 아이가 없었고, 당장 아이를 가질 계획이 없었기에 이 질문이 크게 와닿지 않았다. 우리는 그 자리에 서서 고민했으나 아무런 결정도 내릴 수 없어 그 질문을 그냥 지나치기로 했다. 그로부터 시간이 어느 정도 흘렀고, 이제는 실제로 아이에게 엄마의 성을 물려준 사람들에 대한 이야기를 가끔씩 접한다.

만약 나에게 다시 혼인신고서를 작성할 기회가 주어진다면 나는 어떤 선택을 할까? 나 스스로 어떤 선택을 내릴지 분명히 안다고 확신할 수는 없다. 남편의 성을 아이에게 물려주는 것이 당연한 일이 아니라는 것도 알고 있고, 아직 그 형식이 불만족스럽긴 하지만 선택권이 주어졌다는 사실도 잘 알고 있다. 하지만 당연하게 알고 지낸 시간이 너무 길어서일까. 다른 선택을 앞에 두고 이토록 주저하게 된다. 나에게 성은 얼마큼 큰 의미가 있을까? 만약 내 성을 물려주기로 결정했다면 주변 사람들을 설득할 준비가 되어 있을까? 다른 사람들이 뭐라고 해도 신경 쓰지 않을 수 있을까?

우리나라에서 부모의 성을 둘 다 표기하는 사람들을 간혹 본다. '김이', '최유', '박정'과 같은 식으로 앞에는 아버지의 성을, 뒤에는 어머니의 성을 붙여서 만든다. '독고', '선우'처럼 애초 성씨가 두 글자인 경우가 아닌 이상 성씨는 하나만, 그것도 아버지의 성을 따르는 것이 법이라, 이렇게 부모의 성을 붙여 만든 성은 정식으로 인정받지 못한다고 한다. 그래서 어머니의 성을 이용해 이름을 짓거나, 비공식적인 자리에서는 어머니의 성을 붙여 중간이름middle name으로 사용하기도 한다.

어느 날 혼자 고민하던 남편은 논문 저자 이름을 아버지 성, 어머니 성 둘 다 표기한 영문 이름으로 쓰고 싶다고 했다. 저자명은 한 번 정하면 바꾸기 힘들다. 한번 등록된 이름으로 실적이 쌓이고 검색이 이루어지기 때문에 이름을 하나만 사용하는 것이 좋고, 미래에도 바꾸지 않는 것이 좋다고 한다. 남편은 첫 논문에 사용할 이름을 등록할 때 이씨와 박씨 둘 다 쓰기로 결정했다. 우리나라에서 신분증을 바꾸지는 못하지만 국내외 학계에서 어머니 성을 중간 성으로 표기한 이름을 사용하고 있다. 우연히 내 성도 박씨라며 맘에 들어 했다.

해당 주제에 대해 같이 고민을 나누던 사람이 옆에 있어서일까? 간혹 부모 성을 모두 표기하는 사람을 발견하면 그 사람이 짧지 않은 시간 동안 가졌을 고민과 주저함 등이 공기를 타고 전해져 오는 듯해 애잔함과 동시에 약간은 촌스러운 연대감을 느낀다. 정작 내 성을 바꾼 것도 아니면서 말이다.

변화의 가지

어느 날 인터넷 뉴스 기사에서 반가운 이름을 발견했다. 바로 소현 언니의 패션 브랜드 포스트디셈버Post December가 국내 신진 항공사 '에어로케이Aero K'의 승무원 유니폼을 디자인했다는 소식이었다. 언니가 패션 디자이너로 활동한 지 15년이 넘었으니 옷을 만들었다는 기사 자체가 놀랄 일은 전혀 아니었다. 다만 그 기사에 함께 실린 짙은 감색 유니폼 사진은 나에게 놀라움을 넘어 긴 여운으로 남았다.

그 옷은 우리에게 익숙한 승무원 복장과는 조금 달

랐다. 유니폼을 착용하고 있는 모델 몸의 굴곡이 보이지 않았다. 남성과 여성은 신체 구조가 다르기 때문에 치수나 형태의 차이는 있겠지만, 얼핏 보았을 때 남녀 두 모델이 동일한 옷을 입은 것처럼 보였다. 반듯하게 직선으로 떨어지는 낙낙한 품 덕분이다. 그리고 이 옷은 마치 우리가 잊고 있던 중요한 무언가를 상기시켜주는 듯했다.

"여기가 하늘 위라는 걸 깜빡한 건 아니죠? 저희는 비상시를 위해 교육을 받은 전문 인력입니다. 저희를 믿으세요."

생각해보면 비행기에 몸을 싣고 하늘을 난다는 것은 굉장히 두려운 일이다. 스스로 하늘을 날 수 없는 인간은 공중에서 엄청나게 빠른 속도로 움직이는 동력을 가진 기계에 전적으로 몸을 갈길 수밖에 없다. 그 때문에 사방이 가로막힌 객실 창문 밖을 내다볼 때면 이 얇은 창문에, 이 얇은 벽에 이 많은 사람들의 목숨이 달려 있다는 생각이 들어 오싹해질 때가 있다.

언제든 비상 상황과 맞닥뜨릴 수 있는 하늘 위 좁은 공간에서 승무원의 역할은 단순히 승객에게 음식을 나르고 치우는 일이 아님을 기억할 필요가 있다. 안전 요원으로서 역할을 수행하도록 훈련을 받은 승무원이라는 직업이 갖는 무게에도 불구하고 우리나라 여성 승무원의 유니폼은 이상하리만큼 체형에 초점이 맞추어져 있다. 저렇게 꽉 끼는 옷을 입고서는 지상에서 일하는 것도 힘들 텐데, 짧게는 한두 시간에서 길게는 반나절 이상을 서서 일하는 게 과연 가능할까 싶다. 게다가 화장과 머리 모양, 옷매무새, 목소리까지 신경을 써가면서 말이다. 누군가는 그럴 것이다.

"그러니까 돈 받고 일하지. 승무원 많이 벌잖아."

그렇다면 승무원이 받는 월급에 승객의 즐거움을 위해 외모를 가꾸는 비용이 포함되어 있다는 말인가? 정말로 포함되어 있다면 그게 더 놀라울 것 같다.

최근 불필요한 성 고정관념에서 탈피해 성 인지 감수성을 높이자는 목소리가 여기저기서 들려오고 있다. 하지만 안타깝게도 "여자는 이래서 문제야", "남자는 역시 답이 없어"와 같이 성별 간의 출구 없는 논쟁으로 번지기 일쑤다. 성 고정관념, 성 인지 감수성을 논하는 것은 여성만이 겪는 불합리함을 따져 묻기 위함이 아니다. 여성과 남성 모두에게 적용되는 외모, 행동 등에 대한 부당한 기준이 우리 사회에 존재하고 있다는 사실을 인지하고, 이로 인해 차별을 받거나 모욕감을 느끼는 일이 발생하지 않도록 모두가 함께 노력하자는 뜻이다.

현재로서는 여성이 성적 수치심을 느끼는 성 상품화가 더 심하고 여성을 대상으로 일어나는 성범죄가 더 많은 것이 현실이다. 여성이 느끼는 일상의 공포와 울분이 이제야 막

표출되기 시작했고, 전에는 고민해본 적 없던 이 문제를 어떻게 풀어나가야 할지 몰라 모두가 혼란스러운 과도기를 보내고 있다는 생각이 든다. 하지만 나는 이러한 갈등을 긍정적으로 여기고 싶다. 갈등이 스트레스를 주고 마찰을 일으키기도 하지만 그만큼 사회가 변화를 원하고 변화할 에너지가 만들어지고 있다는 뜻이니 이러한 갈등이 오히려 반갑게 느껴지기도 한다.

"패션에서 유행을 결정하는 요소는 여러 가지야. 주가 변동, 국가적 사건, 정치적 이슈 등 사회적 변화에 우리 생각은 민감하게 반응해. 동시대를 사는 사람들의 비슷비슷한 생각의 흐름들이 복잡하게 얽혀 만들어지는 게 유행이야."

요즘 유니섹스를 지향하는 낙낙한 품의 옷이 눈에 많이 띄는 현상을 보고 유행이 어떻게 만들어지는지를 묻는 내 질문에 소현 언니가 들려준 답변이다. 편안한 일상복이 아닌 그 직종의 정체성을 대표하는 유니폼이 변화한 것은 눈에 띄는 행보다. 에어로케이 승무원 유니폼이 만들어지는 과정에도 역시 다양한 사회적 요소들이 반영되었을 것이다.

어쩌면 우리는 복잡하게 얽힌 변화의 가지들 속에 살고 있는지도 모른다. 수많은 사람들이 서로 밀고 당기고 엎치락뒤치락하며 때론 빠르게, 때론 천천히 어딘가로 굴러가는 것이다. 구르는 덤불 속에서 우리는 마찰과 진동을 느낄 뿐이지만 달라진 풍경을 목격했을 때 비로소 알게 될 것이다.

'아, 변화는 이미 시작되었구나.'

그렇다. 우리는 지금 이 순간에도 어디론가 굴러가고 있다. 정체되어 있지 않음에 기쁘다.

오늘 결혼이나 하러 갈까?

애들도 다 컸는데,

스웨덴에서는 혼인한 커플이 아닌 합의하에 동거를 하는 커플을 삼보sambo라 칭한다. 삼보는 떳떳한 관계로 인정받으며 다양한 법적 보호를 받는다. '평생을 함께하겠다'는 약속의 무게감 때문에 혼인하고 싶지는 않지만 같이 살고 싶은 사람들이 삼보 관계를 선택한다. 평생을 함께할 수 없을 만한, 함께하기 싫을 만한 일들은 일어날 수 있기 때문이다.

삼보를 혼인 관계에 포함시키면 스웨덴은 세계에서 이혼율이 가장 높은 나라이고, 포함시키지 않으면 세계에서 이혼율이 가장 낮은 나라라는 우스갯소리가 있다. 그만큼 삼보는 스웨덴에서 매우 보편적이다.

공문서를 작성할 때 '혼인'으로 표기하는 대신 '삼보'라고 표기한다고 해서 그 관계를 결코 가벼운 관계라, 그들을 무책임한 사람들이라 말하지 않는다. 상속과 재산권에 대한 차이가 있을 뿐, 혼인한 남녀 사이에서 태어난 아이와 삼보 관계의 남녀 사이에서 태어난 아이를 키우는 데는 그 어떠한 법적 차별도, 사회적 낙인도 존재하지 않는다. 평생에 걸쳐 여러 삼보 관계를 갖는 사람들도 있고, 단 한 명과 평생을 삼보로 보내는 사람들도 있다. 그냥 다른 형태의 가족인 셈이다.

핀란드에는 삼보에 해당하는 공식 용어는 없지만 두 사람이 함께 살아가는 데 혼인의 유무는 중요하지 않다. 나와 가까운 핀란드 친구들 중에도 결혼을 하지 않고 아이를 낳거나 낳지 않고 같이 사는 사람들이 많다. 그들은 다른 이들의 질타를 받거나 걱정 어린 시선에 노출되지 않는다.

핀란드에서 가까이 지낸 일본인 친구의 지인 중에는 아이 셋을 낳고 중장년에 접어든 핀란드인 커플이 있다. 어느 주말 그 친구를 점심 식사에 초대한 커플은 한창 이야기꽃을 피우다가 "이제 애들도 다 컸고, 오늘 우리 할 일도 없는데 결혼이나 하러 갈까?" 하고 말하고는 깔깔거리며 웃었다고 한다. 우리나라와 비슷하게 남녀의 혼인 관계 이외의 관계를 정상적인 것으로 받아들이지 않는 문화권에서 온 일본인 친구는 도대체 어느 타이밍에 웃어야 할지, 이게 농담인지조차 알 수 없어 큰 눈을 더 크게 뜨고 어색하게 따라 웃을 수밖에 없었단다. 자취방 식탁 앞에 둘러앉아 그 이야기를 듣던 나를 비롯한 일본인 친구 두 명은 하나같이 "우와… 진짜 신기하다…" 하고 얼빠진 반응을 보였던 게 기억에 남는다.

하루는 우리 식구와 가까이 지내는 친구 집에 초대를 받았다. 한참을 이러쿵저러쿵 사는 이야기를 하고 차를 마시다가 별일 아니라는 듯 친구들은 이야기를 꺼냈다.

"아, 우리 얼마 전에 약혼했어."

"맞아. 이제는 해도 되겠다는 생각이 들어서 내가 먼저 얘기를 꺼냈어."

나는 순간 당황했다. 이들에겐 이미 네 살 된 아이가 있었기에 당연히 결혼한 사이라고 생각했던 것이다. 그렇게 여러 번을 만나고 꽤나 가까이 지냈으면서도 이들이 결혼하지 않은 채 아이를 낳아 키우고 있다는 생각은 한 번도 해본 적이 없었다는 걸 깨달았다.

솔직히 한국에서 나고 자란 나는 이들의 생각을 완전하게 이해할 수는 없다. '혼인하지 않은 채 동거를 시작하다가 이를 떳떳이 밝히고 주변의 축하를 받은 후 평범한 삶을 지속한다'는 시나리오는 내 앞에 존재한 적이 없기 때문이다. 연애 시절, 그럴 수 있으면 좋겠다는 상상을 해본 적은 있다. 관계에 책임을 지고 싶지 않다는 뜻이 아니라 더 발전할 수 있는 관계인지 그 가능성을 알아보고 싶은 이유에서였다.

여전히 서로를 남자 친구, 여자 친구라고 부르며, 장성한 아이들을 독립시키고 은퇴를 앞둔 커플에게 결혼은 어떤 의미인지, 서로가 서로에게 어떤 의미인지 내가 온전하게 이해할 수 있다고 하면 거짓말일 테다. 그저 다양한 선택지가 있고, 선택을 내릴 때 다른 사람들의 눈치를 보지 않고 나와 상대의 의견을 가장 우선시할 수 있다는 게 부러울 뿐이다.

아이 셋을 키우고 있는 친구 커플에게 별생각 없이 '네 부인your wife', '네 남편your husband'이라는 표현을 사용하자 "아, 부인 말고 내 여자 친구 말하는 거지?"라며 정정하던 친구도 온전히 이해할 수는 없다. 실수가 반복되고 부인이라는 표현 대신 여자 친구라고 부르려 노력했다. 하지만 그렇게 표현하면서도 내가 무언가를 잘못하고 있는 것 같다는 껄끄러운 생각을 지우기 어려웠다. 아마도 '결혼을 하고 난 뒤 아이를 낳는 관계' 이외의 관계는 비정상적인 관계, 불안정한 관계, 불건전한 관계라 배우고 자란 내가 가진 뿌리 깊은 선입견이 끊임없이 질문을 던지고 있었기 때문인 것 같다.

'이래도 괜찮아? 쟤네들 괜찮은 거 맞지? 나 진짜 이렇게 불러도 되는 거지? 나 무슨 실수하는 거 아니지?'

"그건 니 생각이고"

타인에게 피해를 입히는 행동에 대해서는 명백하게 "옳지 않다"고 말할 수 있다. 하지만 그러한 판단을 내리기 어려운 경우도 많다. 이게 지나친 행동인지, 납득하기 어려운 이상한 행동인지는 대개 그 집단이 공유하는 가치관을 기준으로 판단한다.

그 가치관이라는 것은 시대와 장소마다 차이가 있고 개개인마다 다를 수도 있다. 내 기준으로 타인을 평가하는 것은 불합리하지만, 우리는 자주 같은 실수를 반복하곤 한다.

헬싱키는 유모차를 가지고 다니기에 좋다. 버스와 트램은 유모차를 갖고 타고 내리기 편리하도록 보도와 같은 높이로 제작되었고, 유모차를 동반한 보호자 한 명은 교통비를 지불하지 않는다. 달리는 차 안에서 지갑을 꺼내느라 위험을 감수하지 말고 아이가 탄 유모차를 잘 돌보라는 의미에서다. 백화점이나 서점, 슈퍼마켓 등에서도 유모차를 밀고 다니기에 불편함이 없다. 어린아이를 동반한 가족에게 너그러운 사회적 분위기가 조성되어 있다. 그래서인지 헬싱키 시내에서는 유모차가 어딜 가나 눈에 띈다.

한편, 길거리에서 이 유모차와 관련한 신기한 광경을 목격할 수 있다. 식당이나 카페 앞에 주차된 유모차에서 홀로 잠을 자고 있는 아이들이 바로 그 주인공이다. 누군가에겐 끔찍한 범죄 현장과도 같은 이 광경을 처음 보았을 때 나 역시 내 눈을 의심했다.

'어떻게 저런 어린아이를 길거리에서 자게 내버려두지? 걱정도 안 되나? 애는 괜찮나?'

이런 경우 대개 창문 안쪽, 유모차가 보이는 자리에서 부모가 밥을 먹고 있다. 아이가 깨서 유모차가 흔들리면 부모가 밖으로 나가 아이를 안고 들어온다. 때로 부모가 바로 눈치 채지 못하면 주변의 다른 사람들이 아이가 깬 것 같다며 알려주기도 한다. 이 상황을 대하는 사람들의 표정이나 말투가 평온한 것으로 보아 이는 매우 흔한 일임을 알 수 있다.

처음에는 이 같은 행동이 이해되지 않았다. 특히 영하 10도, 혹은 그보다 더 낮은 기온의 날씨에 바깥에서 자고 있는 아이들을 보면 적잖이 불안했다. 아이가 춥지 않을지, 저러도 병에 걸리지 않을지, 혹시 무슨 사고라도 당하지 않을지 말이다. '저 부모들은 참 간이 크구나' 하고 생각했다.

하지만 동시에 과연 우리 부부도 할 수 있을지 궁금했다. 결론부터 말하면 나와 남편도 아이를 길거리에서 재웠다. 처음에는 아이에게 큰 잘못을 하는 것 같아 너무 불안했다. 하지만 몇 번 반복해보니 이 행동의 커다란 장점을 알게 되었다. 유모차 안에서 곤히 잠든 아이를 억지로 깨워 실내로 데리고 들어가 잠투정 부리는 아이를 달래느라 애쓰기보다는, 유모차가 잘 보이는 실내에 자리를 잡고 앉아 잠시나마 여유를 누리는 게 아이에게도 부모에게도 좋은 결정이라는 점이다.

겨울 날씨 역시 문제가 아니었다. 핀란드의 겨울은 어차피 길고 춥다. 이 땅에서 생활하려면 이 겨울에 익숙해져야 한다. 방한복을 입히고 이불을 덮어주고 얇은 가림막으로 시야를 차단해주면 아이들은 매우 잘 잔다. 핀란드 사람들은 차고 깨끗한 공기가 아이들의 면역력을 높이는 데에 오히려 도움이 된다고 믿는다. 그래서 추운 겨울에 아이를 유모차에 태워 일부러 발코니에서 재우기도 한다.

물론 이는 타인에 대한 기본적인 신뢰가 바탕에 깔린 사회에서나 가능한 행동이다. 몇 해 전에 스웨덴 사람이 미국에서 똑같은 행동을 했다가 아동학대로 경찰에 연행되었다는 기사를 접했다. 당시 나도 한창 유모차를 밀고 다닐 때라 그 스웨덴 사람의 실수에 어렵지 않게 나 자신을 대입할 수 있었다. 늘 해오던 대로 익숙하게 유모차를 가게 밖에 세우고 들어갔을 스웨덴 사람과 그 광경을 목격하고 경찰에 신고한 미국인을 동시에 이해할 수 있었다. 아동학대라는 누명을 쓴 부모가 안타까웠지만, 동시에 '미국에선 절대 하면 안 되지. 실수했네'라는 생각이 들었다.

언젠가 스페인 마요르카 섬에 사는 친구를 보러 갔을 때다. 친구가 선뜻 방 하나를 내어준 덕에 나와 남편은 아주 편안하게 여행을 할 수 있었다. 5월 말에 방문한 남유럽의 섬은 환상적이었다. 핀란드 생활을 시작한 지 얼마 되지 않았을 때 북유럽 사람들이 틈만 나면 스페인, 포르투갈, 태국 등지로 여행을 가는 것을 보고 의아했는데, 몇 번의 겨울을 겪고 나니 왜들 그렇게 기를 쓰고 가는지 이해할 수 있었다. 그것은 도망이었다. 어둡고 긴 핀란드의 겨울을 피해 본능적으로 해를 좇아가는 것이었다. 우리도 겨울의 터널을 이제 막 빠져나온 터라 그 따뜻함과 밝음을 감동 이외의 말로 표현할 방도가 없었다. 늦봄의 햇볕은 따갑지 않고 바람은 시원했다.

'아… 이게 사람 사는 거지.'

무슨 부귀영화를 누리겠다고 그 춥고 어두컴컴한 나라에

서 살고 있나 싶었다. 지형의 높낮이가 없이 평평한 핀란드에 있다가 마치 대한민국을 연상시키는 듯한 역동적인 산이 펼쳐진 곳에 오니 감회가 새로웠다. 게다가 늘 차분한 분위기의 헬싱키와는 다르게 어디를 가든 적당히 시끄럽고 복잡한 도시 풍경에서 쉽게 친근감을 느꼈다.

그 와중에 TV 여행 프로그램에서만 보던 남유럽 사람들의 '시에스타ⁿsiesta'(낮잠 자는 풍습)를 실제로 마주하게 되었다. 오후 2시쯤 내려간 가게 문 셔터는 4, 5시가 될 때까지 올라가지 않았다. 마요르카는 관광철이 아니어도 늘 관광객으로 붐비는 곳인데 어떻게 낮잠 때문에 가게 문을 닫는 건지 나로서는 이해할 수 없었다. 오후 2시는 오전 일정으로 지친 관광객들이 점심을 먹고 온몸에 당을 채워 다시 돌아다닐 에너지를 얻는 시간이다. 그 황금 같은 시간에 가게 문을 닫다니… 아주 솔직히 말해 게으르다고 생각했다.

그뿐만이 아니었다. 우리는 밤 10시가 되었을 무렵 시내를 산책하고 있었다. 한낮의 온기가 사라진 길거리는 도란도란 이야기를 나누며 설렁설렁 걷기에 그만이었다. 그런데 그 시간에 여전히 식당에서 밥을 먹거나 밖에서 놀고 있는 어린아이들이 제법 눈에 띄었다. 이해할 수가 없었다.

'아니, 저렇게 어린아이들이 이 시간에 밥을 먹으면 잠은 도대체 언제 자는 거야? 이 나라 부모들은 참 속도 편하네.'

부모가 무책임하다는 생각도 들었다. 이미 해는 떨어진

지 오래고, 가로등 불빛 없이는 칠흑같이 컴컴한 그 시간에 식탁 앞에 앉아 있는 아이들을 보고 있자니 주제넘은 오지랖을 떨게 되었다.

이 사람들을 향한 나의 섣부른 판단은 몇 년 뒤 마요르카섬을 다시 방문하면서 180도 바뀌었다. 그때는 7월 초였는데, 도착과 동시에 계절을 잘못 선택했다는 것을 곧바로 깨달았다. 7월의 섬은 5월의 섬과 많이 달랐다. 바깥 날씨는 여유를 가지고 돌아다닐 수 있는 모든 조건을 휘발시켰다. 해는 매우 뜨거웠고, 습도는 매우 높았다. 오후 계획을 전부 포기하고 숙소로 돌아와 해가 어느 정도 기울기를 기다려야만 했다. 그제야 이 나라 사람들이 왜 가게 문을 닫고 쉬는지 이해할 수 있었다. 하루의 중간에 시간이 멈추자 저녁 식사도 늦게 시작되는 것이었다. 장사에 관심이 없어서도, 게을러서도, 육아에 무책임해서도 아니었다.

한번은 노르웨이 여행을 하는 한국인 단체 관광객에 대한 이야기를 전해 들었다. 관광객 중 한 명이 식당에 여권을 두고 왔다는 사실을 버스가 출발하고 한참 뒤에 알아차렸다. 다행히 여행 가이드가 여권을 습득한 사람과 통화를 할 수 있었고, 그 여권의 주인이 동일한지 확인하기 위해 이름을 읽어달라고 요청했다. 그러나 그 사람은 이름을 읽어줄 수 없다고만 거듭해서 대답했다. 이를 전해 들은 버스 안 관광객들은 이해하지 못하겠다며 목소리를 높였다.

"아니, 다 알파벳으로 쓰여 있는데 그걸 왜 못 읽는다는 거죠?"

"이해가 안 되네. 노르웨이도 알파벳 쓰잖아요."

"이상한 사람이다. 그냥 말해주기 싫은 거 아니에요?"

다행히 여권 주인은 그 한국인 관광객이 맞았고, 식당으로 되돌아가 무사히 여권을 찾을 수 있었다.

전화기 너머 그 노르웨이 사람이 한국인의 여권 이름을 읽지 못한 것은 당연하다. 한글의 영문 표기법과 노르웨이 알파벳 발음이 다르기 때문이다. 유럽의 많은 나라들이 그 기원이 같은 알파벳을 사용하고 있지만 발음은 나라마다 조금씩 차이가 있다. 유럽의 적지 않은 나라가 J를 I처럼 발음하고, 나라에 따라 ä, æ, å처럼 우리에게는 생소한 모음을 사용하기도 한다.

한편, 섬세하고 그 종류가 많은 우리나라 모음의 발음을 로마자로는 제대로 표현하기 어렵다. 게다가 한글의 로마자 표기법은 만들어진 후에 제대로 홍보, 교육이 되지 않아 한국인들마저도 한글을 알파벳으로 옮길 때 어려움을 겪는다. 'ㅓ'를 u로 쓰는 사람도 있고 eo로 쓰는 사람도 있다. 성씨 '이'는 발음대로라면 Yi로 적는 것이 가깝지만 Lee로 쓰는 경우가 훨씬 많다. '박'도 Park보다는 Bahk이 좀 더 가깝다.

이런 현상이 일어난 이유에는 두 가지 설이 있다고 알려져 있다. 하나는 일제강점기 이후 미국의 영향을 크게 받을 당시 미국인들이 발음하기 쉽도록 미국식 성 혹은 단어에서 가져와 불렀다는 것이고, 다른 하나는 반대로 한국인들이 그 영어 단어들을 빌려 쓰기 시작하면서 굳어졌다는 것이다.

이 로마자 표기와 발음의 어려움은 도로 표지판에서 여실히 드러난다. 내가 외국인이라면 시속 70, 80km로 달리는 상황에서 표지판에 적힌 글씨를 한 번에 제대로 읽을 수 있을 것 같지 않다. Gyeongsangnamdo(경상남도), Cheonggyecheon(청계천)처럼 길어지기도 하고, Yeouido(여의도)처럼 모음들이 다닥다닥 붙어 있기도 해서다. 생각해보면 우리도 'Schjerfbeck', 'Zwijgers', 'Pfeiffer'와 같은 유럽식 성들을 보면 어디부터 어디까지가 한 음절인지, 어떻게 발음해야 하는지, 묵음은 있는지 없는지도 가늠하기 어렵다. 그 노르웨이 사람이 느꼈을 당혹감을 어느 정도 이해할 수 있다.

사회 구성원들 사이에는 서로 공유하는 가치관이 존재한다. 변치 않는 절대적인 힘을 지녔다고 믿는 이 가치관이 형성되는 데에 지리적인 요인이 적지 않은 영향을 미쳐왔다는 것을 제레드 다이아몬드의 《총, 균, 쇠》를 읽고 뒤늦게야 깨달았다. 고등학생 시절, 시험 점수 몇 점이 아쉬워 꾸역꾸역 억지로 외우기만 했던 지리가 인간사에 이토록 지대한 영향력을 발휘해왔다는 것을 이제야 깨닫다니 조금 부끄럽다.

한편, 우리나라는 육로가 차단되어 있고 오로지 비행기나 배를 이용해야 밖으로 나갈 수 있는 지형이다. 서로서로 국경을 맞대고 있어 자연스럽게 문화가 섞이기 쉬운 유럽 국가들과 달리 우리는 지리적으로 폐쇄되어 있다. 문자 또한 어느 나라와도 공유하지 않아 그 폐쇄성이 더 짙어지기 쉽다. 그 점을 생각하면 내가 현재 진리라 믿는 판단의 기준은 이 땅덩어리 안에서 빚어진 작디작은 일회성 견해일지도 모르겠다. 소로가 그의 책《월든》에 적었듯 말이다.

지금 나는 대한민국, 그 안에서도 자동차를 타고 다녀야 하는 생활권에 묶여 있는 지방의 한 아파트에서 살고 있다. 이 물리적 주소가 앞으로 나의 가치관을 형성하는 유일한 조건이 되지 않도록 주의를 기울이고 싶다.

헬싱키에 살 때 나는 이사를 자주 다녔다. 운이 없었다. 이런저런 이유로 자주 집을 옮겨야 했고, 6개월이 멀다 하고 이사를 해야 했던 시기도 있었다. 그때는 집 구하기도, 이사 다니기도 힘들었는데, 그 와중에 좋은 점도 있다고 느꼈다. 다른 친구들이 살아본 적 없는 동네에서 살아볼 수 있었기 때문이다.

학교에서 넘어지면 코 닿을 거리에 있는 집부터, 버스에서 전철로 갈아타며 한 시간 가까이 이동해야 하는 학생 아파트, 집 밖에 나가면 요트 정박장이 펼쳐진 이른바 바닷가 부촌 아파트(전 집주인의 소개로 인테리어 공사를 앞둔 빈집에서 6개월간 살 수 있었다), 오래된 목조주택 등 집안 구조 또한 전부 달랐다. 덕분에 나에겐 헬싱키가 굉장히 다양한 모습으로 남아 있다.

헬싱키 시내에서는 다양한 시대에 만들어진 서로 다른 양식의 건물들을 보기가 어렵지 않다. 스웨덴과 러시아의 영향을 받은 건축물부터, 독립 후 일자리를 찾아 도시로 몰려든 사람들에게 공급하기 위해 지어진 목조 건축물, 급속도로 불어난 도시 인구를 감당하기 위해 저렴하게 지어진 70, 80년대 아파트, 현대의 조립식 콘크리트 아파트에 이르기까지 시대가 가진 특성을 고스란히 간직하고 있다. 도심에 지어진 건물들은 역사적 가치 때문에 함부로 외관을 건드릴 수 없다. 그래서 공사가 필요하면 껍데기는 놔두고 내부만 공사를 진행해 다양한 시대의 모습이 잘 보존되어왔다.

그중 가장 기억에 남는 집은 지어진 지 100년이 넘는 석조 건물이다. 핀란드의 수도가 서쪽의 투르쿠에서 헬싱키로 옮겨오며 헬싱키 남쪽에 자리한 헬싱키대학과 대성당을 중심으로 도시가 만들어지기 시작했고, 그 석조 건물 역시 그 시기에 지어진 듯했다. 상상을 초월하는 두꺼운 돌벽은 여름에는 시원하게, 겨울에는 따뜻하게 실내를 만들어주었다. 덕분에 추위를 잘 타는 내가 한겨울에 반팔을 입고 집 안을 돌아다닐 수 있었다. 지금과는 다른 생활양식을 가진 옛날 집이라 그런지 천장이 필요 이상으로 높고, 부엌과 화장실의 위치가 그다지 효율적이지는 않았다. 거실은 지나치게 넓고 따로 문을 열고 들어가야 하는 부엌은 작았다. 하지만 효율성과는 별개로 제멋대로인 공간을 경험하는 재미가 있었다.

서울에서 저자 강연을 마치고 울산 집으로 돌아가는 길, 두 시간 내내 KTX 열차 창 너머로 보이는 풍경은 끊임없는 아파트의 중첩으로 채워진다. 저 멀리 보이는 아파트의 파도가 산의 능선을 댕강 끊고, 그것만이 현대인의 유일한 삶인 듯 다른 모습들을 가리고 서 있다. 지금 기차가 어느 도시를 지나고 있는지는 알 필요 없다는 듯 아파트는 지역적 특성을 뭉개고, LED 조명으로 치장한 아파트 브랜드의 로고와 사람들의 피로한 열망을 전시한다.

요즘 신도시에 지어진 아파트들은 새로운 구조로 젊은 층의 관심을 끌지만, 대개 아파트의 구조는 비슷비슷하다. 거실과 주방을 중심으로 방들이 나뉜 구조로, 바깥에서 창문의 크기를 보면 어느 정도 추측이 가능하다. '저기 가장 큰 창은 거실이고, 양 옆에 작은 창은 방이겠구나' 하고 말이다.

혹시 이러다가 모두가 똑 닮은 공간에 살고 있는 탓에 다들 비슷비슷하게 살기를 바라게 되는 건 아닐까, 나도 쟤가 하는 만큼 해야 불안하지 않고 불행하지 않을 거라 여기게 되는 건 아닐까 문득 궁금해진다. 공간이 인간의 사고에 미치는 영향은 작지 않다고 하니 말이다. 본디 울퉁불퉁, 삐죽삐죽, 말랑말랑한 사람들의 사고방식이 그 안에서 견디고, 참고, 기다리는 동안 아랫집, 윗집 할 것 없이 똑같은 네모난 거실에 들어맞게끔 변하는 건 아닐까.

층간소음을 최소화하기 위해 노력했어야 하는 아파트 회사와 시공사에게는 잘못을 묻지 못하고, 선택의 여지가 없는 사람들은 서로에게 화살을 돌릴 뿐이다. 어떤 정치인은 층간소음 문제를 해결한다며 각 가정마다 매트를 깔 수 있게 10만 원씩 지급한다고 선거 공약을 내걸었다. 아, 정말 그게 10만 원이면 해결할 수 있는 문제였단 말인가? 만약 그 10만 원으로 해결이 안 되면 매트 위에 매트를 한 장 더 깔 수 있게 10만 원을 더 주려나? 마치 이게 최선이라는 듯 주어진 공간이 아쉽기만 하다. 이러다가 바람이 사라지면 거대한 파도가 물방울이 되어 부서져 내리지는 않을까 불안하다.

흔히 우리는 대학을 나와서 얼마 이상의 연봉을 주는 기업에 취직해 늦지 않게 결혼을 하고 늦지 않게 아이를 낳아 특정 동네의 몇 평 이상의 아파트에서 살면 행복할 거라고 여긴다. 그리고 이를 잣대로 삼아 타인의 삶을 평가하기도 한다. 문득, 예비 신랑 부모님의 주소지만 듣고 "그 집은 둘째가 결혼을 더 잘했네" 하고 서슴없이 말하던 누군가의 얼굴이 떠오른다.

미디어에서 조명하는 '부富'는 상대적 박탈감을 자아낸다. 건물 한 채 정도는 있어야 성공한 삶이라는 듯, 누구나 통장에 당연히 몇 억씩은 있어야 한다는 듯 이야기하는 사회적 분위기 속에서 자신이 땀 흘려 이룬 것에는 쉽게 만족하기가 어렵다. 게다가 취업이나 결혼, 임신과 같은 이른바 평범한 선택을 따라가지 않으면 불행한 삶을 사는 사람이라 여기며, 어떻게든 그들에게 구제의 손길을 뻗으려고 한다.

"만나는 사람은 있니?"

"결혼은 해야지."

"애는 있어야 돼."

"연봉은 얼마나 받니?"

"야, 옆집 애는…."

생각해보면 평범함의 기준도 한 시대의 견해와 마찬가지로 꾸준히 변해왔다. 변동하는 물가, 치솟는 부동산 가격, 극심한 빈부 격차, 기후변화 등의 외부 요인들은 개개인의 결정에 많은 영향을 준다. 그에 따라 사람들의 가치관도 변화하고 그 평범함의 정의도 바뀌어왔다.

사람들은 저마다 각자의 길을 선택한다. 곁에서 보면 비슷비슷해 보이지만 그 이유도 목적도 미세하게 다른 결정들이다. 수많은 사람들의 선택의 교집합일 뿐, 사실 평범함의 실체는 없는 것인지도 모른다. 그렇다면 '내 선택이 보통 사람들은 하지 않는 이상한 선택일까' 하고 신경 쓸 필요가 없는 건 아닐까.

때로 우리는 스스로를 컨베이어 벨트 위에서 일정한 속도와 간격으로 지나도록 만들어진 똑같은 모양의 공산품이라 여기는 것 같다. 절대적 목표 아래에서 이 길만이 옳은 길이고, 순서에 맞게 거쳐야 하는 단계들이 있고, 이 길을 이탈하면 가치 없는 상품이 될 거라는 두려움을 느낀다.

나 역시 마찬가지다. 정해진 길을 따라가며 칭찬받고 싶은 모범생의 습성이 아직 내 안에 남아 있는 것 같다. 하지만 이제껏 살아오면서 나로서는 한 번도 생각해보지 못한 선택을 하고 자신만의 삶을 묵묵히 살고 있는 사람들을 보고 듣고 겪으며 깨달은 사실이 하나 있다.

'그래도 잘 살더라.'

민규 오빠가 이야기했듯, 한쪽이 너무 비대해지면 사람들은 자연스레 다른 쪽으로 옮겨가는 것 같다. 그렇다면 아파트에서 사는 것도, 끝이 없는 듯 이어지는 아파트의 행렬도 언젠가는 평범한 풍경이 아니게 될 날이 올까? 그런 날이 오면 남의 시선이 아닌 나를 위한 선택을 하는 것이 좀 더 자연스러워질까? 다양한 모습으로 살아가는 사람들을 지원하는 제도도 많아져 평범의 영역도 좀 더 넓어질까? 그럼 스스로를 불쑥 튀어나온 덧니쯤으로 여기던 사람도, 그래서 불행한 사람도 그때쯤이면 줄어들겠지? 그럼 나도 울퉁불퉁, 삐죽삐죽, 말랑말랑한 내 사고방식을 조금 더 꺼내 보여도 괜찮을까? 어쩌면 지금도 괜찮은데 나 혼자 두려워하고 있는 건 아닐까?

이런저런 생각을 하며 나는 집에 가기 위해 엘리베이터 버튼을 누른다.

숙아진 사람들

한국에 돌아온 지 얼마 되지 않아 노키즈존no kids zone을 처음 접했을 때, 그 복잡했던 심경이 기억에 남는다. 핀란드에 있을 때부터 한국에 아이들의 출입을 금하는 노키즈존 카페나 식당이 있다는 것은 익히 들어 알고 있었다. 아이가 없을 때는 별생각이 없었다. 하지만 내게 아이가 생기고 나니 마음이 전과 같지 않았다. 상처받았다는 표현이 적절할 것 같다. 흡연 금지, 노상방뇨 금지, 쓰레기 무단투기 금지와 같이 행동을 규제하는 것이 아니라 특정한 집단을 금지하는 것에 박탈감을 느꼈다.

아이는 '방해되는 존재'라는 인식이 팽배하다. 뭐, 완전히 틀린 말은 아니다. 아이들은 곧잘 울고 소리 지르고 떼쓰고 뛴다. 대화도 길게 이어나갈 수 없고, 집중력도 낮고, 주변을 어지럽게 만드는 것도 사실이다. 하지만 21세기에 태어난 '요즘 아이들'만 갑자기 그런 성향을 보이는 건 아니다. 아이들은 20년 전에도, 50년 전에도, 100년 전에도 늘 그래왔다. 그렇기 때문에 아이의 태도를 바로잡아줄 보호자가 책임감을 가지고 주의를 기울여야 한다.

그리고 솔직히 말해서, 아이들보다 더 철없이 구는 어른들도 많다. 그렇다면 노키즈존을 만들 것이 아니라 공공장소에서 아이를 제대로 통제하지 않는 성인, 스스로를 통제하지 않는 성인, 진상 성인 출입 금지 구역을 만드는 것이 더 옳지 않을까. 하지만 그러는 대신 발언권을 묵살하기 쉬운 어린아이들의 출입을 막았다는 생각이 든다.

장사를 하는 입장에서 다른 손님들의 만족감을 위해 아이의 출입을 통제하기로 결정하는 것을 이해 못하는 것은 아니다. 하지만 한편으로는 아이와 내가 이 사회 어딘가에서는 환영받지 못하는 기피 대상이라는 사실에 나만 빼고 모두가 암묵적으로 동의하는 것 같아 위축감이 든다.

어린아이를 키우다 보면 가끔은 '어른들이 아이를 너무

아이 취급하는 것은 아닐까?' 하는 생각이 들 때가 있다. 어린 아이들은 의외로 높은 수준의 대화를 즐긴다. 어휘력이 부족하고 이해력이 조금 떨어질 뿐, 사회현상이나 철학적인 대화에도 관심을 보인다. 아이와 함께 전시를 보러 가면 느끼곤 한다.

어린이를 대상으로 하는 전시는 많은 경우 비슷한 패턴을 보인다. 블록을 쌓거나, 그림을 그리거나, 퍼즐을 완성하는 프로그램으로 구성된 경우가 많다. 아이들은 대개 한자리에 가만히 앉아 있지 못하고, 대답을 바라지 않는 질문들을 던지고, 전시물을 만지고 싶어 하는 양상을 보이기 때문이다. 하지만 아이를 어른들을 대상으로 하는 전시에 데려가면 걱정과는 다르게 즐기는 경우도 많다. 본인이 관심 있는 작품 앞에서는 엉덩이를 붙이고 앉아 질문을 던지고 주의 깊게 들을 줄도 안다. 혹시 아이들의 말을 별로 듣고 싶어 하지 않는 것은 어른들이 아닐까, 그래서 여기저기 비슷비슷한 공간을 만들어놓고 그 안에서만 즐겁게 놀아주기를 바라는 것은 아닐까 생각한다.

사회적 동물인 인간은 나와 남을 구분 지으며 자신이 속한 사회에서 소속감을 찾으려 한다. 그 무리 안에서 자신의 위치와 역할을 인식하고 인정받으려는 과정에서 다른 무리를 단순화해 지나치게 일반화하는 오류를 쉽게 범한다. 개개인으로 보지 않고 무리에 속한 사람들을 하나로 뭉뚱그려 정의한다. 이렇게 한 차례 일반화 과정을 거친 대상의 이미지는 다른 특성을 가진 대상들을 아무리 많이 만나도 쉽게 바뀌지 않는다. 특정 대상을 향한 고정관념은 오해와 배척으로 이어지기도 한다.

이러한 배척과 혐오의 표현은 인터넷의 발달과 함께 더 가속화되었다고도 한다. 이것이 인터넷과 소셜미디어의 폐해다 뭐다 말들 하지만, 이 기술력에 온전히 책임을 전가할 수는 없다. 편을 가르고, 구분 짓고, 대상을 일반화한 뒤 배척하는 행동은 소셜미디어의 발달과는 상관없는 인간의 본성인 듯하다. 본성이라 어쩔 수 없다는 건 물론 아니다. 살면서 대상을 구분하는 능력이 필요한 경우도 있겠지만, 밑도 끝도 없는 미움과 혐오로 이어지면 안 된다는 걸 우리 어른들은 다 알고 있지 않은가?

나는 미대에 가겠다고 결정한 그 순간부터 예체능을 선택한 사람을 향한 사회의 고정관념을 마주해야 했다. 다른 곳도 아닌 고등학교에서 말이다. 학교는 예체능을 선택한 아이들을 '공부를 포기한 아이들'로 분류해 다른 아이들을 방해하지 않도록 한 반으로 묶어놓았다. 내신을 더 잘 받게 해주겠다는 말로 설득해 학생들을 모았지만, 다른 학부형들이 모인 자리에서 학생주임 선생님의 입에서 나온 말은 전혀 달랐다. 공부하고자 하는 아이들 사이에서 학업 분위기를 흐리는 예체능계 문제아들을 '솎아냈다'는 표현이 더 적절할 듯하다.

학교에 오만 정이 떨어졌다. 고3이 되자마자 하루아침에 '선생님들이 포기한 학생'이 되었다는 사실에 서럽고 화가 났다. 그전까지만 해도 학교생활이 재미있고 친구들도 전부 좋았는데, 나를 이해해주는 사람은 학교 안에 한 명도 남지 않은 것 같았다. 졸업까지 남은 시간이 힘겹기만 했다. 지나고 보니 그때 그 울분으로 생긴 오기가 내 목표를 이루는 데 도움이 된 것도 같지만, 그렇다고 해서 그 경험이 내 인생에 필요했다는 뜻은 아니다.

'내가 아무 생각 없이 예체능을 선택한 게 아니라는 걸 보여주겠어!'

악에 받친 나는 다행히도 원하는 바를 이룰 수 있었다. 고등학교 졸업식날 학교 정문에 내 이름이 적힌 현수막을 보고 잔뜩 비웃고 싶었지만, 막상 그런 기분도 오래 지속되지는 않았다. 그냥 그 현수막을 어서 내려줬으면 좋겠고, 빨리 졸업식이 끝나 학교를 벗어나고 싶다는 생각밖에 없었다.

지금도 음악 하는 사람들, 미술 하는 사람들을 향한 시선이 크게 달라진 것 같지는 않다. 노래를 부르고 춤을 추고 악기를 연주하고 그림을 그리는 사람들의 노력과 성취는 "나도 하겠다"란 말 앞에 종종 초라해진다. 마치 '책상 앞에서 하는 공부'가 가장 고귀하고 순수한 단계의 노력과 성취인 듯 말이다. 예술인들의 재능 기부도 한때는 당연한 것처럼 여겨졌다.

"너네는 좋아하는 일 하잖아."

마치 그 외의 모든 사람들은 좋아하지 않는 일을 억지로 하고 있고, 그 보상을 재미있고 쉽게 사는 예술계에 종사하는 사람들에게 당연한 듯 바라는 사람들도 있었다.

시끄럽고 방해가 되는 어린아이들을 하나로 묶고, 대학 입시라는 목표 아래 조금 다른 특기를 가진 소수의 학생들을 하나로 묶어 눈에 보이지 않는 곳에 치워두는 편이 그 외 다수의 사람들의 심신 안정과 목표 달성을 위해서는 더 나을지도 모른다. 성장과 성과를 위해 다양성은 별 쓸모가 없다. 저마다 각자 다른 이야기를 들어주고 고민해주고 기다려주려면 많은 에너지가 소모된다. 바쁜 우리는 그럴 시간이 없다.

아침마다 상처 받은 마음을 달래며 학교에 가던 고3 시절의 기억과, 카페에 들어갈 수 없음을 애써 다른 말로 돌려 설명하며 아이를 달래는 나의 모습이 겹쳐 보인다.

다르다와 틀리다는 '다르다'

미대 입시 준비 과정은 지독했다. 물론 모든 입시 준비가 그렇겠지만, 내 경우는 척추의 건강과 시력, 원활한 장 활동을 대학 입학과 맞바꾸었다.

　과거 미대 입시에서 주로 요구하는 능력은 앞에 놓인 사물을 얼마나 그럴싸하게 종이 위에 옮겨놓느냐였다. 그림을 프린터처럼 뽑아내는 데에는 본인의 개성이나 남다른 기교 따위는 필요하지 않다. 그것은 오히려 약점으로 작용하기도 한다. 눈에 띄어 감점 요소로 작용할 수 있기 때문이다. 바닥에 깔린 수천 장의 그림

사이사이를 돌아다니며 심사위원들이 점수를 매기는데, 특별히 눈에 띄는 점 없이 비슷비슷, 고만고만해 보여야 점수를 깎일 가능성이 적다는 뜻이다. 들어가고자 하는 희망 학과의 수업 내용이나 개개인의 재능과는 관계없이 모두가 같은 기술을 익히도록 장시간 혹독한 훈련을 받은 학생들은 그 기술이 꿈을 이루는 가장 중요한 열쇠라 믿으며 인내했다.

그런 과정을 거쳐 회화과에 입학한 한 친구가 있었다. 정신없이 대학 1학년을 보내던 중, 어느 날 나를 만나 이렇게 말했다.

"그렇게 똑같이 그리는 것만 시키더니, 이제는 갑자기 예술을 하래."

친구의 목소리에는 혼란스러움이 가득 묻어났다. '나다움'을 있는 힘껏 지워놓고, 이제 와서 갑자기 '남다름'을 증명하라니…. 모든 시험이 요령이고 훈련일 뿐이라지만, 입시 기준에 맞추어 나를 지우려 애썼던 그 청춘들의 푸르른 시간이 안쓰럽다.

우리는 다름을 얼마만큼 포용할 수 있을까? 학교생활, 사회생활을 하며 눈치껏 다수에 적당히 묻어가는 요령을 배운다. 그 과정에서 조금 다른 색을 갖고 사는 게 얼마나 피곤할 수 있는지를 깨닫는다. 남들과 다른 목표나 취향, 태도는 주목을 받기 쉽고, 이는 쉬이 비난으로 이어진다.

나 역시 비슷한 잘못을 저지르며 산다. 무슨 심사위원이라도 된 듯, 무리에서 비죽 튀어나온 누군가에 대해 그 누구도 묻지 않은 내 생각을 쏟아낼 때가 있다. 말할 때는 속 시원한데, 시간이 지나면 그때의 내 모습이 참 못났다.

우리는 여전히 '다르다'와 '틀리다'를 혼동한다. 나도 예전에는 이 두 표현을 혼동해 사용하는 것에 별생각이 없었다. 딱히 의식한 적이 없으니 아마도 꽤나 많이, 어쩌면 늘 '다르다' 대신 '틀리다'를 써왔는지도 모르겠다. 하지만 한 번 의식하기 시작하니 잘못된 표현이 귀에 쏙쏙 들어왔고, 매번 나서서 타인의 표현을 정정할 수 없음에 답답하기도 했다.

우리가 '다르다'와 '틀리다'를 혼동해서 다른 것을 틀린 것이라고 여기는 것인지, 아니면 반대로 다른 것을 틀렸다고 여겨 두 표현을 혼동하기 시작한 것인지는 잘 모르겠다. 하지만 이 혼동이 우리의 사고방식과 행동에 영향을 준 건 분명해 보인다.

평가받는 것과 평가하는 것에 익숙한 우리는 항상 절대적인 정답을 찾고, 내가 맞았는지 틀렸는지 알기를 원한다. 오늘 버버리 코트를 입고 나가면 나 혼자 튀어 보이지 않을까, 이 색깔의 바지는 사람들 눈에 너무 띄지 않을까, 이 휴대폰은 너무 구식이 아닐까 하고 말이다.

　나의 만족을 목적으로 두지 않은 선택들에 대해서는 자신이 없다. 대신 다른 사람의 평가를 통해 나 스스로에게 만족하는 데에 익숙하다. 학창 시절을 통틀어 수천, 수만 개의 객관식 문제를 풀고 채점을 하며, 혹시 내가 '다른 답'을 적어서 틀린 건 아닌지 가슴을 졸이던 그때로부터 이 표현의 혼동 원인을 찾으려 하면 너무 억지일까? 그런데 아무리 생각해도 그것 때문인 것 같다.

　아이가 학교에서 '다르다'와 '틀리다'의 차이점을 설명하는 학습 유인물을 가져온 것을 보고 감동을 받았다.

　'아, 드디어 이 중요한 것을 배우는구나!'

　이 차이를 일찍이 배운 아이는 자라면서 자신의 다른 점을 애써 지우거나 감추려 하지 않을 수 있을까? 아이가 크면 다른 점을 서로 인정하는 사회 분위기가 조성될까? 아이는 조금 더 일찍 나답게 사는 즐거움을 알게 될까?

　그 A4 용지 한 장으로부터 내가 느낀 기대감은 꽤 컸다.

　지금껏 시험은 충분히 본 것 같다. 이제는 흑 아니면 백, 모 아니면 도, 정답 아니면 오답이 아닌 다양한 선택지가 우리 앞에 놓여 있다고, 남들과 같은 답을 선택할 필요가 없다는 이야기를 듣고 싶다. 빨강과 파랑 사이에 이름조차 붙이기 힘든 다양한 보라색을 들여다보고 싶고, 피아노 건반의 도와 도# 사이에 생략된 미분음들을 듣고 싶다. 경쟁도, 시험도 아닌 나 스스로에게 질문을 하고, 그 누구의 대답도 아닌 나의 대답을 듣고 싶다.

현재 지구상에서 가장 널리 사랑받는 바나나는 캐번디시Cavendish라는 종의 바나나다. 우리가 일반적으로 먹는 바나나는 대부분 이 캐번디시 종으로, 대량생산에 적합한 품종이다. 이는 다른 품종의 바나나와 섞이지 않은 단일 재배 작물로, 뿌리 순을 사용해 같은 크기와 모양의 바나나를 그대로 복제할 수 있어 품질 유지가 용이하다는 장점이 있다. 이런 상업성 덕분에 아시아, 아프리카, 남미 등지에는 캐번디시 종만 생산하는 거대한 바나나 농장이 있고, 전 세계로 수출하고 있다.

그러나 이 품종은 하나의 유전자를 공유하기 때문에 전염병에 취약하다는 커다란 단점을 안고 있다. 하나의 농장에 전염병이 퍼지면 다른 농장으로 번지는 것은 시간문제다. 다시 말해 전염병이 돌기 시작하면 유전적 다양성이 부족한 이 바나나가 병에 걸려 멸종할 수도 있다는 이야기다.

1990년대에 아시아 지역에서 발견된 바나나 전염병인 파나마병은 아프리카를 시작으로 현재는 남미까지 번진 상황이다. 이 질병의 문제점은 특별한 치료제가 없다는 점인데, 그 때문에 많은 사람들이 대응 방안 중 하나로 품종의 다양성에 대해 이야기한다.

캐번디시만큼의 대중성은 갖지 못해도 재배 가능성이 있는 바나나가 전 세계에 수백 종이 있다. 그러나 과학자들은 또 다른 바나나를 선택해 단일 재배를 하면 같은 문제가 반복될 것이라며, 토양에 무리를 덜 주는 유기농 재배법으로 다양한 품종을 키우는 것이 바나나의 멸종을 막는 가장 좋은 방법이라고 한다.

건강한 미래를 위해 다양성은 필수 불가결하다. 전멸이냐 회생이냐 기로에 놓인 캐번디시 바나나를 봐도 알 수 있다. 인간 사회를 바나나에 비유하는 것이 적절한지는 잘 모르겠으나, 확실히 우리가 배울 점은 있는 것 같다. 지속 가능한 사회, 개개인이 행복한 사회, 건강한 사회로 진화하려면 사람들의 다양한 선택을 품어줄 수 있는 사회적 분위기가 만들어져야 한다는 사실 말이다.

우리는 한두 개의 길을 제외하고는 실패한 삶이라 단정 짓는 분위기 속에서 살고 있다. 오지선다형 객관식 시험에서 정답을 골라내는 데에 익숙한 우리는 학교를 졸업한 뒤에도 빗금이 잔뜩 처진 시험지를 돌려받지 않을까 불안하다.

나 역시 마찬가지다. 걱정을 만들어서 하는 재주가 있는 나는 주변의 눈과 입이 두려울 때가 많다. 나의 성적표에 부정적인 평가가 적힐까봐 전전긍긍한다. 그래서 때론 그 누구보다도 먼저 스스로 빗금을 긋고 깊은 우울감에 빠지기도 한다.

학창 시절부터 우리의 의견을 궁금해하는 질문들은 없었고, 단 하나의 목표 앞에서 나머지는 다 쓸데없는 생각이 되어 버렸다. 내가 어떤 선택을 할 수 있을지, 어떤 일을 하면 좀 더 즐거울지, 어떤 걸 좀 더 잘할 수 있을지, 그 선택에는 어떤 책임이 따르는지와 같은 고민은 늘 뒷전이었다.

대학을 안 가고 다른 길을 찾거나, 회사를 그만두거나, 비혼非婚을 주장하거나, 채식을 하거나, 아이에게 엄마의 성姓을 주거나, 같은 성性을 사랑하거나, 정자를 기증받아 아이를 갖거나… 소위 말하는 평범함을 벗어난 삶의 모습들이 사실은 우리 사회의 건강함에 기여하고 있는 건 아닐까? 실로 다양한 삶이 우리 앞에 있다는 것을 알고 이를 존중하는 법을 배우는 것이 이제는 필요하다 느낀다.

행복은 강제할 수 없고, 자신의 행복은 스스로 찾을 수밖에 없기 때문이다.

오늘도 유난떨며 삽니다

펴낸날   1판 1쇄 2021년 11월 10일

지은이   박현선
펴낸이   윤미경

펴낸곳   헤이북스
출판등록   제2014-000031호
주소   경기도 성남시 분당구 황새울로 234, 607호
전화   031-603-6166
팩스   031-624-4284
이메일   heybooksblog@naver.com

책임편집   손소전
디자인   류지혜 instagram.com/chirchirbb
찍은곳   한영문화사

ISBN   979-11-88366-30-9 03810